人文书
诗散丛

李郁葱◎著

童年的月亮

河北出版传媒集团

花山文艺出版社

河北·石家庄

图书在版编目（CIP）数据

童年的月亮 / 李郁葱著. -- 石家庄：花山文艺出版社，2025.6. --（"诗人散文"丛书 / 霍俊明，商震，郝建国主编）. -- ISBN 978-7-5511-7867-9

Ⅰ．I267

中国国家版本馆 CIP 数据核字第 2025VM2595 号

丛 书 名：“诗人散文”丛书
主　　编：霍俊明　商　震　郝建国
书　　名：**童年的月亮**
　　　　　Tongnian De Yueliang
著　　者：李郁葱

责任编辑：耿　凤
责任校对：李　伟
美术编辑：王爱芹
内文制作：保定市万方数据处理有限公司
出版发行：花山文艺出版社（邮政编码：050061）
　　　　　（河北省石家庄市友谊北大街330号）
销售热线：0311-88643299 / 96 / 17
印　　刷：河北新华第一印刷有限责任公司
经　　销：新华书店
开　　本：880 毫米×1230 毫米　1 / 32
印　　张：8.625
字　　数：180千字
版　　次：2025年6月第1版
印　　次：2025年6月第1次印刷
书　　号：ISBN 978-7-5511-7867-9
定　　价：56.00元

自序：返乡之旅

突然间想到的地名，属于我的隐秘之地

藏着我身体里孤独的幸福

再不能跨过的门槛，尽管屋檐还在

瓦松点亮了我们所推开的窗

在那里，有一道幽暗的光宛如星辰：

这房子变得低矮而狭窄，我是一个陌生者

祠堂，河流，垂柳，犬吠，鸡鸣……这些乡村的

配置，江南的嗓音，剥去一张蛙皮的斑斓

它驱赶了那些萤火虫和远道而来的候鸟

草叶上的翠鸟

在迅捷的惊悸中张开翅羽，它有一个

恰当的阴影，也许是它的巢穴，被消失的鱼

所打扰。一条翻转的江，能够让我回到童年吗？

让那些消失了的人乘着风回来，那么多失踪者，

面目相似的人，背对黄土，我甚至可以认出

墙角的苔藓。如果半开着的窗棂，让吹入的风
显得大一点儿，苔藓的花，在风中绽开或者凋谢

——《旧居》

秋日的某天，我陪父亲回了一趟老家。说老家，其实不远，由于道路的修筑和畅通，从余姚开车过去十分钟左右，而杭州到余姚现在坐高铁在四十分钟左右，自己开车一个小时多点儿，对于常年在上下班高峰忍受拥堵的当代人而言，这点儿时间并不算什么。

皇帝的同窗

说起来老家就在四明山下，但其实对于四明山，我基本上是陌生的，更多的印象来自书本。孩子时，有过去山上的经历，但记得不特别清楚，四明山对孩子而言，过于广阔了，像老家，说是属于四明山区，如果站在村里，是不会感觉到处于山地的，而只有身处宽阔平原的感觉。

奇怪的是，虽然路不远，每每都会念及，但去的次数并不多。每次去，心里都会把它当一件大事看待。老家就像是一座在风中空出了的巢，漏下了过去的斑驳之光，它是记忆里的符号，一个隐秘的地址：我可以通往某种温暖之处。

余姚人文荟萃，最知名的人物有严子陵、王阳明、黄宗羲等诸先贤，在我少年离开老家时，从感知和内心而言，他们

对于我是完全陌生的，他们只是一些名字，像是曾经在土地上吹过的风，当你想抓住它时却无影无踪；又像是我们在田野中漫步时，隔着远远近近的庄稼，远远地看到那些面容模糊的人，依稀是认识的，又觉得非常遥远和淡漠。

随着年岁的消磨，这些名字却变得熟悉和亲切起来，每每提起，往往有与有荣焉之感，而这种感受，让你对他们的旧事生出去探究的兴趣。这可能是一种身份的认同，在我们根深蒂固的意识里，我们的身体里装着一个给你归属感的地址。

我们把这称之为乡愁，就像是时间里的一滴泪凝结成了琥珀。他们带给我们的影响却是一生的，在暗中滋润着你，且不提世人所熟知的王阳明和黄宗羲，比他们早，与他们入世态度完全不同的严子陵，就足够我去探究。

一直以来，严子陵对于我是一个谜，他好像没有留下丰功伟绩，也没有诗文传世，但"先生之风，山高水长"。他仿佛是天地间一面巨大的镜子，照出我们对人生经营中的那种计较和疲惫。

严子陵的本名是严光，子陵是他的字，但其实他姓庄，因为避讳汉明帝刘庄而被后人所姓，所以他其实也不自由的。如果他不是刘秀的同学，在那样一个时代里，即使他锦绣满腹，按照他的行事风格，也注定了要被湮没。建武元年（公元25年），刘秀建立东汉，按照两人的交情，严子陵本该一飞冲天，他却隐名换姓，隐居在桐庐富春江畔垂钓，他所垂钓的地方就是现在的严子陵钓台。

刘秀却记得这个老同学，让人明察暗访，到处寻找。这个寻访的过程中发生了很多故事，这里不展开说，总之严子陵怎么样都不愿出仕。最著名的一个情节是刘秀和严子陵同榻而卧，严子陵睡熟了把脚压在刘秀的肚子上，让太史令看天象时认为是客星冲犯了帝座。

这个故事是否真实我不得而知，但起码说明了两点：一是刘秀和严子陵的交情真的非常好，严子陵要跑个官很容易；二是严子陵没啥要求刘秀的，所以襟怀坦白，根本不在乎对方身份的尊贵。也许在严子陵看来，人与人之间就是平等的。

很有意思的是，后来汗牛充栋般赞美严子陵的文字，大多数都是出自达官贵人的手笔，比如唐代的权德舆这样写："先生晦其中，天子不得臣。"又比如南宋的杨万里感慨："早遣阿瞒移汉鼎，人间何处有严陵！"晚年隐居，把繁华落尽的南宋范成大的两句诗或许说出了其中的真谛："试把鱼竿都掉了，百种千般拘束。"

因为我们做不到，所以才会去赞美他，歌颂他，而这种名声成就了严子陵，反而把他看透世情的这一点忘记了。这样一位乡贤，他的精神无形中会让你的人生方向发生变化，带有某种纠正的效果。

像是磁场，让人在南北方向之间的摇摆中会取得微妙的平衡。

故土的钥匙

从余姚的市中心出发，十分钟是如此短暂，一下就到了。在我的记忆里，幼年时去一趟余姚要走很长时间的田野小径，泥泞的小路两边都是水稻田，有沟渠把路和田隔开，而沟渠边上的田塍上，往往种植着扁豆、茄子等蔬菜，每年一到时节就会花绽娇艳。即使没有人打理，也会有狗尾巴花等野草摇曳，而野花灿烂，野果子晶莹诱人。

这沟渠是少时玩耍的天堂，就和小狗喜欢在泥塘里打滚一样，沟渠里的流水潺潺对于孩子而言，就是天堂的门。

余姚城和老家之间的距离，说是有二十里，但从田野里拐来拐去，还要过两座桥，其中一座是闸门，我总是对水闸有着奇怪的念想，当它落下的时候，那些水就被隔断了，对闸门而言，抽刀断水水更流并不存在，所以那个时候我也没有什么忧愁。那个时候走着走着，短短的腿很快就走不动了，我大抵就趴在母亲的背上了，那种感觉是温暖的，犹如贴着土地，有时就会在母亲的背上睡着了。

母亲二十多年前（2002 年）脑出血，此后瘫痪卧床十年，如今离开也已经十余年了，我也早过了知天命之年，但那种温暖却从没有消失过，就像我去扫墓时，墓碑镌刻的照片上母亲的笑容宛然。母亲脑出血那年，儿子刚两岁，孩子是敏感的，我想他那段时间应该陷入了一种迷茫：最疼爱他的人突然间变得陌生了。

这也是天命之一种吧，人生就是生老病死的轮回，而这是儿子生命中第一次面对失去，他不得不去面对。有时，你只能正面去看待这些事，没法回避，哪怕直视会灼伤内心，而你就慢慢勇敢起来了。

而老家曾经在我眼里高大的房子，现在变得低矮而狭窄，因为长年不住人，显得有些破败和凋敝。房子是需要人住的，它需要人的生气滋养，一旦少了人间烟火，这房子就像被抽去了魂。站在房子面前，父亲显然有些伤感，他年已耄耋，当年从这里读书出去，然后留在了城市，仿佛破茧，但这祖宅相当于他暗处的胎记，总是在不留神处提醒着他。于我也一样，一个人独处的时候，它显现出来，会提醒我们的来处。

只是父亲的记忆会比我更加深厚，就像泉眼，越挖得深便越会涌出甘洌的地下水，但我们并不交谈相关的话题。成年后的父子关系往往会显得沉默，又有一些默契，这种关系在我和儿子这里现在也是如此。

偶尔，在生活的一些小事上，相互间还是会把这种爱显山露水出来，比如方才有重物要提的时候，父亲很固执地拿过去，我说我来，他说你提不动的，我说你已到老年，我还在中年，勉强还能冒充一下青年。父亲莞尔，有些悻悻然，说，忘了，就记得你是儿子了。

祖宅从属于一座江南大院，位于东厢房的一角，和它一街之隔的就是这个村的祠堂，现在是当地的文保建筑。说是街，其实非常狭窄，也就是两米多点儿的宽度，但都是那种方方正正的青石板，下雨天时，一脚踩下去，泥水便会溅出来，不小心就会溅到裤管上。祖宅没有成为文保建筑，大概是因为已经残缺，同时它所涉及的住户太多了。

每次站在这大院的屋檐下时，心里就有鲁迅在小说里所写到过的念头出现：原来祖上也曾经阔过。这大院里当时住的都是不出五服的血亲，现在除了几个老人，大都搬到外边住了。大院里住的人具体的关系颇为纠葛，我一直弄不太清楚，都是属于李姓一脉，辈分从名字的排行中可以窥见端倪。到了我儿子这一辈，因为取的是单名，这蛛丝马迹也抹去了。如果大院里的人在异地邂逅，大概需要找很多把钥匙才能打开通往故土的门。

据说在某个隐秘之地，有人还留有我们这一宗的家谱，但持有者似乎不愿意拿出来，他像是守护着一座宝藏。也许，当年那些要抹去一个旧世界的行动让他记忆犹新，也许，在他看来，只有保存在自己的手上才是安全的。

这个村叫作应家闸，但居住的多为李姓。少年时我颇为奇怪，暗自在私下里有很多揣测，以为是应姓没落之后被李姓取而代之，这在很多地方的村庄上演，但后来查阅地方志时，发现这想当然完全是南辕北辙了：应家闸和它所相邻的另两个自然村花门头（也称花门渡，花门头疑为口语）和湾头一样，同为李氏聚集地，为同宗异支。

花门头比应家闸更为人所知一点，模模糊糊记得有人说过，越剧《碧玉簪》中的李阁老是花门头人。不过这个谁晓得呢，那些走村访户的说书人的嘴哪里能当真，就像我们的民间故事都能够互为镜子，这个人的故事和那个人的故事是可以相互代入的。

而湾头顾名思义，就在河道的拐弯之处，它和应家闸相邻，以前走过去也就一百米左右，两个村像是肩并肩的兄弟。现在两个村被新开拓的柏油马路所隔开，靠近河湾的那一头传说是一个大型货运码头。

我读小学一年级就是在湾头的村口，那座学校的校舍还在，现在当作是个仓库。甚至学校外面的旗杆还在，我那个时候上学，口袋里常常塞满了年糕胖，一边走，一边看着旗杆，旗杆越来越高，学校就到了。

应家闸的得名不是村民姓应，而是因为太祖婆李应氏。一个在这座村子被后人所淡忘，但其实不得不提的女性。她姓应，豆蔻少女出嫁到了李家，她的家教应该是颇好的，家境也应该是颇好的，这从她后来的举止中可以看出：李应氏勤俭持家，把李家料理得井井有条。

当时是完全的农业社会，面朝黄土背朝天，人们要靠天吃饭，而村前的洋溪河，天旱时没水，天涝时洪流滚滚。李应氏心善，便动了建闸调节水利的心，这至少可以看出两点，一是这个女子有见识，二是她在李家处于主心骨的位置。

李应氏开始筹资，若干日子后，村前的洋溪河建好了一道水闸，造福一方。村子周边的人感念于她，所以才有了应家闸这个村名。

良善和感恩，在这个普通的村名中体现了出来，李应氏做到了很多男性都不能企及的成绩。我有时候想，我的故乡有着非常好的民风，这闸是这个善良的人所倡议，那么功劳便归于她。

我后来去找过这座闸，但已经无处寻觅，好在还有这个村名，像是对人生的一种提醒，一道属于自己能够领悟的暗流，这种基因也许很稀薄了，但它一直在，有的时候，它会唤起我们内心美好的情愫。

遗忘的家谱

我少年之前生活在这村庄里，和那时候的大多数人在那个年龄段所经历的一样，天空既广阔又狭窄，而所谓的世界，在我的实际理解里就是这些房屋、田野、河流，和我认识的人，这让我对远方充满了好奇：远方是地域的，也是时间的，比如我总是会幻想，我是谁谁谁的后裔，祖先的荣光仿佛能给我们加持，而那个时候，小朋友间的争吵也想从祖先这里比个高低：

我姓李，我是李世民的后裔，而你的姓都是小人物，没有出过皇帝，没有出过宰相，没有出过万人敌……但渐渐成年，渐渐对这些念头不再热衷，有时看到有些寻踪的信息也就一笑，一个人在时间中能确立的，其实只是他的个体，他所做的努力和他所做成的事。

所以，对于家谱的遭际，我得知后略有些惋惜，但并不觉得遗憾，也许这样也好，在某个冷漠的角落里，这沓纸静静躺着，直到化为尘埃，那里面的名字，当他们是肉体的时候，也许曾让人激动或仰望，或让人唾弃和厌憎，但现在都不再重要，和世界上的多数事物一样，终点就是被遗忘。

我的内心，对太祖婆李应氏有着孺慕之意，这样的女子，以这样的方式流传下来，甚至于命名了一座村庄，这才让人唏嘘。

就像木制的楼梯在岁月中消沉，现在只要一抬腿，就会发出嘎吱嘎吱的声音，好像是衰老的回音，从遥远处传来。屋檐还能挡风遮雨，瓦松依然点亮在我们所推开的窗外，而楼梯已经颓废得吱吱呀呀，这窗是打开幼年远游思绪的不二法门：有星辰，有浮云，有奶奶的溺爱和她所讲述的故事，也有我内心所望见的蜃楼。

无论是人和物，这种衰老或许是不可回避的。我曾经在祖宅所熟悉的那些亲戚，他们后辈中有出息的，要么都住到了城市的楼房里，要么在这个村庄审批了另外的地界造房，一幢幢小别墅的模样。即使是那些能力有限的老人，也都住到了新农村建设统一规划的多层建筑里，舒适得很。

这大院，多少像是蝉脱壳后留下的蝉蜕，虽然还紧紧巴在树干上，却已经把灵魂释放出去了。

一直很奇怪的一个问题是，当年分配房子的先祖是怎么想的，比如东厢房这一边属于我爷爷和小爷爷一脉，然后东厢房的南和北属于我爷爷，中间属于小爷爷一家（小爷爷又有三个儿子），过道是公用的。这到今天造成的一个结果是，整个大院的房屋所有权犬牙交错，要翻建便要征求多家人的同意，而人心的复杂常常让这些念头出来后转眼烟消云散。

一家人。也许在先人的观念里，他们是有意为之，这种状态的居住让同宗人能够有更加密切的联系，而团结就是力量。因为这种疑惑，让我对那本幸存于世的家谱偶尔会有所惦记，我们来自哪里？我们的面容承继了谁？我们为什么在这里？

有时候，我们需要一种返回。正如这次陪父亲回家，是我向童年的一次洄游：在水面波光粼粼的碎片中，越过数十年的光阴，我打捞出一缕缕的月光，或者仅仅是一缕月光虚无的气息，但我拼出了一轮完整的悬挂在我时间之初的月亮，它一直悬挂在属于我个人的空间里。站立在灶间、院子、天井、大厅、堂前、土墙、屋檐……我视线所及之处，那些记忆中的明和暗都一一浮现出来，有一些自己都觉得惊讶：它们在那里，一直都在，等待着和我再次邂逅。

这就像那个时候得到的万花筒，它真是一件神奇的礼物：从小小的孔洞里望进去，握筒的手稍稍挪动，镜头就会组合出无数的图案，这些图案是象形的，这些图案是猜测的，这些图案是虚幻的，这些图案是真实的……

为了找到这个答案，有一天我终于忍不住好奇心，把万花筒的那一端撕了开来，就是几块玻璃和一些彩色的纸屑。面对这万花筒的残骸，我依然不明白它为什么能够有这样那样的千变万化，但这支万花筒却已经成了废物：我再不能把它组装起来。

很多年前，一个性格多少有点儿古怪和执拗的孩子，躺在自家的床上，享受着徐徐清风，透过屋顶的天窗，那些野草和瓦松摇曳在天窗的四周，像是有魂灵的生物。

他凝望着那轮或胖或瘦的月亮，那个时候，他不知道月亮之上的荒凉，而别人也不知道他会想些什么。

目　录

CONTENTS

◎ 第一辑　故事：和蛙皮的开始

◎ 第二辑　回忆：门槛和风

◎ 第三辑　拾遗：从沉睡的河水中看见

第一辑

故事：和蛙皮的开始

没有想到这次陪父亲回家，成了我向童年的一次洄游：在那些斑驳的光线里，记忆之门突然被打开，而在老房子的墙角处传来一两声虫鸣，也许是蟋蟀，也许是别的昆虫，它们提醒着我，同时也挖掘着我的记忆。我从有些颓杞的木楼梯走到二楼，在窗口站了会儿，看不到多远，偶尔有人们说话的声音飘来，让我回想起这样一个场景：一群人坐在天井里纳凉，说着些有的没的事⋯⋯而瓦片上的苔藓，枯去的略显衰败，新生的颇为茂盛，我凝望着这些，童年时，在这房屋里曾和我相伴过的事物簇拥而来⋯⋯

那些动物生活在我童年影子里

在我儿子童年的时候，我曾经把爷爷奶奶那时讲给我的故事，或者说是我的童年故事讲给他听，出生在电脑和动漫时代的他并不感兴趣，他并不想接受我的童年，或者说，他不能感受到那种吸引力。

儿子的脾气中有一点是天生的，大概来自我的遗传：性格很倔强，但表现出来往往会很温和，他并不激烈，主意却很大。这点在我身上也有，有时候觉得可以相互照见。出于对父亲的尊重，或许是对父性权威的礼貌，他会安慰性地倾听片刻，然后果断转移话题，这每每让我沮丧，却又说不出什么，那些鬼故事，那些憨女婿，那些让我的童年充满欢声笑语的故事，怎么就失去吸引力了？

他拒绝接受我的童年成为他的，我把这当作一种个性的复苏，当他用孩子的天真来对抗我所施加的压力时，其实我喜忧参半。

失去吸引力的事物在两代人之间有许多：在儿子四五岁

时，有一个夏日，在高楼之上听到小区的空地里塞满了蟋蟀的叫声，比风声更加阔大，想起自己孩子时对斗蟋蟀的那种痴迷，于是，从记忆的深处打捞出当年的轮廓：用报纸卷成纸筒，用作暂时存放蟋蟀的场所。

我在兴致勃勃中，自说自话卷了十来个，看起来像是要大干一场的模样。以前抓蟋蟀会用小的网兜，但这次因陋就简，我也迷信自己徒手抓蟋蟀的能力，就这样雄赳赳带着儿子下了楼。

我们到了小区僻静处的一片荒芜之地，杂草蔓延，建筑垃圾成堆，而虫声嘹亮，仿佛是一种压迫。我开始带着儿子翻开砖石，在此之前，我甚至找好了蛐蛐草，把它分须后交给儿子，说等下斗蟋蟀时要用的。

砖石搬动，不时有虫子蹦跶出来，有爬行迅速的百脚，有类似于蜈蚣的，但大部分叫不出名字来，有些斑斓，有些就是混沌着。一匹（称匹是因为蟋蟀好斗，矫健如马）蟋蟀静卧在泥土之上，哲人？雕像？我示意儿子安静，悄悄伸手去捉，定睛看时，尾部却赫然挺立着"三枪"，中间的那根比左右两根尾刺更为粗壮和颀长。我们知道，这"三枪"是母的，看着威武雄壮，但并不能用来嬉斗，也许是女性相对和平。能够用来打斗的是"两枪"，也就是尾部只有左右对称两根尾刺的公虫。

这个大概是动物中雄性的天性，经不起撩拨，尤其是繁殖期，一撩拨，便会龇牙咧嘴。而蛐蛐草就像是挠痒痒的开关，它能够树立蟋蟀在想象中的敌人，并且以无畏的勇气去冲锋陷阵。

我陷入对蟋蟀的幻象中，翻开的瓦砾下终于发现了一匹威风凛凛的公蟋蟀。

我小心翼翼躬身上前，它的触须在微风中飘拂，但应该是它感受到了我身体的阴影，遽然跳跃入草丛。我对儿子说，很久不抓，生疏了。又开始新一轮的寻找，如是者三，从最初的略有好奇，到终于不耐烦了，儿子说，老爸，都是蚊子，要不你再抓会儿，我自己回家了……

蟋蟀和那些故事一样，早就失去了吸引力，也许是因为他没有体会过"斗蛐蛐"的乐趣，但仔细去想，那些鬼故事、憨女婿……这些传播于民间的下里巴人的故事，在电子时代便显得落伍了。而这些故事，在当时，却符合我最初对世界的想象，换句话说，我最初的想象，正是被这些故事所打开，但现在，在这些故事的讲述地，我同样变成了一个陌生者，被幽暗的光所照亮：祠堂，河流，垂柳，犬吠，鸡鸣……

就像那匹蟋蟀，它也只是存在于我的想象中了。那天儿子回去后，我又抓了会儿，主要是想找到两匹能征善战的蟋蟀，然后挑起它们的战争，以引起儿子的赞叹，内心想着能树立我作为父亲的权威。但抓了二十分钟后一无所获，可能是随着时间的流逝，我的抓捕技能在退化，又或者它就是在远离我。这样想着，突然间就索然无味，悻悻然回了家。

在老房子的墙角处传来一两声虫鸣，也许是蟋蟀，也许是别的昆虫，我突然想起这段抓蟋蟀的往事：时间在这里相互混淆纠缠。时间是一种暴力，它改变了我们熟悉的一切，就像暴雨倾盆，等它停歇之后，原来的一切已经面目全非。

包括我曾经所认为的坚固的事物。20 世纪 70 年代的乡村配置，有江南嗓音的余韵，此时，仿佛剥去了一张蛙皮的斑斓。剥青蛙的皮触目惊心，我后来理解为什么在一些巫术里把这作为黑魔法的一种。即使是剥去了皮，蛙体依然会蹦跳，这或是生命最后的倔强。

在蛙皮斑斓而潮湿的面具之后，也许我们才能面对真实的田野，就像在离开多年以后，才发现那些滋养我的泉水依然流淌于地底。有一个有趣的童年就像是入了一间储存丰厚的库房，时不时地会有一些惊喜的发现。

我奶奶是一个识字，但不多，估计认识一百个字不到，但不会写字的乡下女人。在我记忆的河床上，她给我讲的故事里荡漾着才子佳人和妖魔鬼怪的影子，他们影影绰绰在记忆的河床上飘荡，在他们的影子之下，有善恶到头终有报的理念。这就像是一座矿藏，当你去采撷时，会发现泥沙俱下，你所相信和吸收的，是你要相信和吸收的，而这是我启蒙开始的地方。

但对趣味的选择需要一种调节，我的母亲有些文化，她是作为知识青年下放到农村的，有时她会给我讲些外面的世界。那个时候，父亲大学毕业后在杭州工作，母亲还没有到返回城市的时间线。对贫穷生活和物资匮乏的记忆，通常会被时间熨平，但在这种小心翼翼的熨平过程中，一条路突然有了分叉，之后能够让我找到更多的乐趣之处。

那个时候的娱乐是不多的，但我们有自己制造乐趣的方法，比如在热天时找一条沟渠，用泥筑两道围墙，堵上这段沟渠的两头，然后把水舀出去，翻动淤泥，便能够得到许多滑溜溜在沟底乱窜的泥鳅，运气好的话还有黄鳝，标配的小惊喜是水蛇的出没。这三者都是无鳞的，对于我们的感受却大相径庭。也有在时间改变后变得不讲究的，像对泥鳅的烹饪，我记得那个时候要用盐粒把它表皮的那层滑腻腻的体液搓掉，而现在好像一点儿都不讲究，这个程序早已取消。

在水沟的土中，还有一种长得类似于螳螂的昆虫，学名叫蝼蛄，但比螳螂更加纤细，抓起来时，很无力地在孩子的手上挣扎。那个时候，抓着蝼蛄的孩子多半是有些骄傲的，觉得自己像是巨人。但如果有蚂蟥叮在腿肚子上，胀鼓鼓的仿佛可以看到它所饕餮的血，则多少有些败兴，这个时候，是不能用手扯的，它就像寄生在你身上的一部分，附骨之疽说的绝对是它，它和你血肉相连，你越扯，它越往你的身体里钻。

我第一次看到这个趴在自己腿肚子上肉滚滚的虫子时，大声哭泣起来，但很快发现，这不能减轻我的畏惧。即使是被蚂蟥叮住，我们依然要能够找到强者的乐趣。

小猴子一般溜回家，怕大人们看到了埋怨，这个时候，很希望自己是隐身的。蹿到灶头间（厨房），从瓶瓶罐罐中找到盐（不是现在所用的细盐，记忆中那个时候的盐要粗粝些，颗粒也更大），抓一点儿撒在蚂蟥身上，很快，它就会蜷缩，把身子紧紧蜷缩起来，现在，轮到它：像是遭遇到了一个噩梦。

我后来做噩梦时，醒过来后额头汗水淋漓，夜色浓重地压着眼睑，周遭充满了来自虚无的敌意，而蚂蟥遭到食盐猝然一击时的意象，便会突然闪现，那痉挛般的抽搐，那种无力感——那个时候，蚂蟥越缩越小，最后就会脱离你的身体，轻轻一碰掉落在地上。

它的生命力顽强，有时候，在干涸的池塘里它团在泥土中，但如果把它扔到水中，没准儿又活过来了。当然，也有不怕蚂蟥的，昂首阔步的大公鸡就是，它能够一口把蚂蟥啄食进肚。

知道它是一味中药是后来的事情了，那个时候，它是童年玩乐中小小的瑕疵，让我们遭受猝不及防的打击，像是一个坎。

和钓鱼钓虾一样，钓青蛙是孩子时的乐趣之一，但青蛙比鱼虾要好钓许多，和它们外表的绚丽多彩不同，青蛙其实是笨拙的。

找一截竹竿，绑上绳子，绳子也不用特别的，塑料绳、麻绳等都可以。在绳子的前端绑上田螺肉，或者知了肉，或者类似的肉都可以。把竿子伸到草丛之间，小频率晃动竿子，晃着晃着，青蛙会以为绳子所绑着的是活物，会弹出舌头去吞吃，然后……然后就可以收入囊中了，甚至连诱饵都还绑在绳子上。

在田野的自然背景下，这一小块的肉触目惊心。我懂得鸟为食亡的道理大概是此时，虽然懵懂，但悲哀却是有的，为青蛙，也为这些盲目中觅食的生灵。

许多年过去，有时候行走在田畴阡陌之间，如果是在夏秋两季，蛙鸣还是可以听到的，但似乎和童年的青蛙有了不同：如果在草丛中行走，惊起的响动中，青蛙四散逃逸，似乎没有儿时见过那种大只的虎纹蛙，也许是蛙的种族已经变异。

这些动物是世界给予我的礼物，它们给我带来了一张又一张的面具，汹涌而来，又悄然消失，让我安静地看着世事的变迁：毕竟，它们一直都在。

我想着把它们写出来，那些属于我的动物和童年的故事，那些好的、坏的，那些天性中的一部分，那些黑暗或苍白的部分，就像在水面以下遥远的说话的声音，如果它能够隐隐约约传来，一座隐形的桥梁浮现……

蟾蜍像是哈哈镜里的青蛙

那是一种丑陋而充满黏性的动物，有着让你触手的恐惧。

在我童年的记忆里，它的形象是险恶的，现在已经无从回忆起这个概念的由来了，乡音里叫它"拉湿"（我怀疑是垃圾的谐音），和"拉屎"同音，当我们从口腔里吐出这个声音的时候，口气里多多少少带着一种居高临下的轻蔑。

我们吵架，我们不喜欢一个人的时候，就会骂他：你这个"拉湿"。

对了，通常我们叫它癞蛤蟆，就是癞蛤蟆想吃天鹅肉的癞蛤蟆，在童话故事里，王子多半是变身为青蛙的，而巫婆或巫师在阴谋诡计被戳穿失败以后，往往会化身为癞蛤蟆。

一个多么可悲的符号：对应于天鹅颀长的形体，高蹈如舞蹈的姿影。童年时候我不知道的是，这两者之间，有时就是互为镜像，癞蛤蟆可以是天鹅，天鹅也会沦落为癞蛤蟆。它就是阴影和阴影之间的光。

从老宅的灶间出门，有一段青石板铺成的路，几间低矮的茅房（现在正在坍塌的进程中，原来是茅房和猪圈）。猪是另一种让人生厌的动物，但我们好像也不能离开它，生厌是因为它的肮脏，除了吃，它总在那里哼哼，而身上永远是污秽的。猪八戒的故事就是从那时知道的，大人们说孩子淘气顽皮的时候，就说这孩子是石头缝里蹦出来的，是孙悟空，如果说孩子好吃懒做，会说是猪八戒投胎的。

猪八戒吃人参果，那就是说这个人浪费，又或者是说这个人不知道情调，好的食物应该去品尝，而不是这样暴殄天物。

在那个时候，猪八戒和孙悟空是被我当作真实的人物的。大人们和我们讲这些的时候也不会告诉我们这只是故事，我相信他们真的存在，就好像是影子，很多时候，我以为影子是有生命的，哪一天它不高兴了，会脱离了身体独自去躲起来。要不，孙悟空为什么能够腾云驾雾呢？

在我想着影子离开的时候，无端地流下了眼泪，因为奶奶说过，影子是一个人的魂。我生怕有一天影子离自己而去，关于影子的故事，我后面还会专门写到。

在灶间和茅房、猪圈之间，一面低矮的土墙把我家和其他的邻居隔开来，这是一面神奇的土墙，它是童年之蜜来源地之一，也是癞蛤蟆出没的场所。

那么多年过去了，它一点儿也没变，我又看到了癞蛤蟆，熟悉的模样。仿佛多年时间就是凝固的，它依然蹲伏在这幽暗的角落。

而我记忆的仓库，像是被这土疙瘩一般的事物打开，荡起了一圈圈的涟漪。它的颜色灰暗，背部还有很多凸起的疙瘩，那种阴暗潮湿的形象触目而来。这是它的自我保护，这颜色和土地混为一体，既能够迷惑敌人，也有助于它捕捉各种昆虫：它的食物，它维持生命的源泉。

蟾蜍有时候也有跳跃的冲动，但很笨拙，也很可笑。它好像是青蛙的畸形兄弟，甚至连蹦跶都是佝偻版的，它总是在阴暗处，慢吞吞，慢吞吞，像是恶毒的巫婆，散发着阴郁的火焰，那凸起的疙瘩便是巫婆打结的头发。妈妈带我去余姚城里的龙泉山时，那时有一个哈哈镜的项目，我突然问妈妈：蟾蜍是不是青蛙照过哈哈镜后变不回来了？

而且，总是有人告诫我，不要去抓它啊，它会喷出浆液，乳白色的，沾上了就会让人的皮肤溃烂。实际上，除非是喷溅到了我们的眼睛里，我们会有痛的感受，对身体的其他地方，除了感觉上的不舒适之外，完全不会有任何的作用。中药里有一味药叫蟾酥，就是把癞蛤蟆分泌的乳白色浆液调在面粉里做成的，有强心、镇痛、止血、治疗疮等功效。

但当时认为，这汁液会腐蚀了我们，会让我们连骨带肉地腐蚀完，就像评书里说的那种化骨水。

形象是多么重要，我误解了它的本身，因为蟾蜍是渺小的，它的毒性其实很微弱，但在我幼年时的想象中，我给它披上了厚实的盔甲。真正有毒的是它的皮肤和卵，如果吃了真有可能让人中毒身亡，但即使这样，人们找到了吃的方法，在一些地方蟾蜍依然是一种美食，烟熏的做法并不仁慈。

我走过去，用树枝把这只肥胖的蟾蜍拨到了草丛里，它当然不可能是巫师，但即使是现在，我依然不愿意用手去抓它。

蟾蜍不疾不徐，用自己的节奏爬动着。我突然想起来，在它进入我童年空间的时候，它并不完全是让人厌恶的："刘海戏金蟾，步步钓金钱"是乡间喜欢的年画之一，刘海钓的是三条腿的蛤蟆，也就是"蟾"，传说它能口吐金钱，但两条腿的人到处都是，三条腿的蛤蟆我们都没见过。

在那个年画上，蟾蜍金光闪闪，凸起的疙瘩也是铜钱的模样，而刘海就是一个胖胖的喜人的道童。我想起这些，再去看这只蟾蜍时，觉得顺眼了许多，而它，慢慢就没入到了草的深色中。

蚂蚱的香气侵入梦中

蚂蚱在当时是我最容易抓的动物，抓它适应孩子的动手能力，大概每一个孩子都玩过，即使是城市的孩子，都会有机会接触到它。

我所呈现的意象是：在农闲时荒芜的田上，乱糟糟的枯草和还没有枯萎的草丛中，当我们一走动，受到惊扰后，它会有力地蹦跳出来。去抓它，它当然会逃，敏捷、飘逸，但总的来说还是很容易，因为它没有自卫的武器，尽管看起来触须敏锐，体态修长。

在我老家的土话里，我们叫它"割芒"（音），我想过很多次这两个字要怎么读，又要怎么写，最后觉得还是用"割芒"最为妥帖，植物中，稻秆啊、草啊都会有芒，在田野中穿梭，很容易割到我们的肌肤，但这个小小的昆虫，却能自由自在穿行于其间，且似乎毫发无损，是不是它能够收割那些锋利之芒呢？它有秘密的武器吗？

在属于我童年的动物谱系里，它们都有自己的脸谱，也并非对应于具体的人和物，只是一个我所勾勒的世界。很多年后，在书房里，当时四岁左右的儿子把那些橡胶的小人儿和汽车、飞机等模型摆满一地，口中念念有词，似乎能够调动千军万马。本质上和我那时抓捕蚂蚱是一回事，那个时候，我想建立的也是属于童年的空中楼阁，我们都是从人类的幼兽慢慢成长起来的。

对被抓住的蚂蚱而言，等待它们命运的，往往是孩子恶作剧般的手段，很难说那是发自内心的，但的确有着最原始的暴力：我们往往会把它们里面那一层薄膜（就是薄如蝉翼的翼）粗暴地剥下来，尽管那层膜有着鲜嫩的红色，然后把它抛得高高的，看它还能够飞多远，看它能不能继续活下去。

结果当然是飞不高了，或许会歪歪斜斜地飞上一段，很快就掉落下来。

遭受我们这些孩子如此酷刑对待的，不只是没有反抗能力的蚂蚱，其他如知了、天牛、蜻蜓等都有类似的待遇。这也许是孩子观察世界的方式之一，带着一些盲目，我们不知道的是，这对蚂蚱等而言，就是一种毁灭。或者，在我们的认知里，它们可能就是害虫，而害虫是可以随便处置的，它们的下场我们不需要知道。

说起来可笑，更多的时候，它会成为我们的腹中物，对当时的孩子而言，身体里有着对饥饿的恐惧。我们会把那些肥肥胖胖的蚂蚱用树叶包裹起来，放在暗火焚烧的稻堆里，稻堆表面上看不出火苗，但里面却是烈焰焚心，不久后便会肉香四散，蛋白质在烧烤中的香气让人着迷。

吃虫在现在成为少数人的一种时尚，人们以吃虫为乐，认为它富有优质蛋白，有营养，从这点来说，我们是先驱者，无意间演绎了后面的剧情。

后来读历史，有一段很有趣的记载。唐贞观二年，长安大旱，蝗虫四起。唐太宗进入园子看粮食损失情况，看到蝗虫，捉了几只狠狠诅咒："百姓把粮食当作身家性命，而你吃了它，这对百姓有害。百姓有罪，那些罪过全部在我自己一人身上，你如果真的有灵的话，你就吃我的心吧，不要再害百姓了。"于是将要吞下去。周围的人忙劝道："恐怕吃了要生病的！不能吃啊！"太宗说道："我真希望它把给百姓的灾难移给我一个人！为什么要逃避疾病呢？"说完把蝗虫吞了。

上行下效，蝗虫很快被捕灭。蝗虫和蚂蚱相近，我现在已经忘记当时有没有看到过蝗虫。江南潮湿多雨，蝗虫很难繁殖，但历史上蝗灾却不少，大抵是从北方席卷而来的，它们随着风向而来。

也许那个时候，我所看到的大个的蚂蚱就是蝗虫。做事不究其里，或许就是孩提时养成的习惯，总之蝗虫也好，蚂蚱也罢，它们都有相似的面具。还有关在竹编笼子里的叫蝈蝈，它们好像都是长着同一张脸。

蚂蚱烧烤时散发出的那种香气，会侵入到童年的梦中，在梦里依然垂涎欲滴。

回家后是不敢和家里说玩火的事的。在大人的口中，小孩玩火要导致尿床，这让我经常提心吊胆，生怕第二天起来睡在水渍间，努力让自己不要睡着，但这怎么可能呢？睡神喜欢眷顾孩子，等我成年后，往往是想睡而不得其门而入。但尿床的事，好像很少发生，或者发生过我已经忘了。

蚂蚁和放大镜

在石阶通往洋溪河畔的途中，地上有两条细细的线在蠕动。蹲下身仔细看，是蚂蚁大军的汇聚，它们大抵是在寻觅食物，而且已经找到了，这是在搬运中，这个时候搬运的，是它们过冬时的储备。

童年的时候，打落苍蝇最开心的事便是去喂蚂蚁，看它们抬着这庞然大物走在大地上，有一种奇怪的成就感。那个时候，看到苍蝇飞来飞去，还会用手去抓，张开的手掌猛然闭合，苍蝇就会在手心中。这个力度要掌握得好，抓得轻，就慢了，它逃走；抓得太重，苍蝇在你的手心血肉模糊一塌糊涂。有时候，为了看蚂蚁搬运，我们会把粘蝇纸上的苍蝇也抓下来去吸引蚂蚁。

实际上也不只是苍蝇，还有很多小动物的尸体，它们一旦被蚂蚁发现了，蚂蚁们便会聚集起来，然后齐心协力抬着去往自己的巢穴：我们所不能抵达的隐秘之地。在我童年的见识里，蚂蚁的社会应该和我们是一样的，有大，有小，有强壮的，有弱小的，有发号施令的，也有唯命是从的。

蚂蚁与蚂蚁之间打招呼的方式也非常有趣，像大人们握手。这样常常蹲在地上一看就是很长时间，小孩子也不怕腿酸。如果有两三个孩子在一起，常常会玩出一些蚂蚁们的灾难来，比如在它们前进的路上放上石块：巍峨的高山。它们要么爬上去攀缘而过，要么绕道而行另觅归途。但孩子玩闹的心哪会这样就结束？我们用树枝在泥土上挖一条沟，然后灌上水，对它们而言这沟无疑是浩荡大河了。我们又会用树叶搭一座桥，让它们沿着树叶过河。

在这样的游戏中，也许我们体会到的是造物主的那种随心所欲，相比于蚂蚁的渺小，我们实在是巨人国里的巨人了，虽然我们不全是破坏，但以破坏居多。

有一天，不知道是从哪里听来的知识，我们想挑起蚂蚁种群之间的战争：据说两窝不同的蚂蚁，就像是两个国家，一旦它们争抢食物，蚂蚁间的战争便会一触即发。于是，我们找到两窝不同的蚂蚁，一前一后放置在投喂它们的食物前，比如是苍蝇，比如是饭粒等，但想象中盛大的战争场景并没有出现，单个的撕咬倒是时有发生，也只是浅尝辄止。

成年后去中原漫游时，常常跑不了多久，便到了春秋战国时某个小国（本来连名字都没有听说过）的范畴，一转眼，又到了另一个小国曾经的城邦所在，那时想起小时候玩过的蚂蚁游戏，人的世界和蚂蚁的世界有其类比之处，但蚂蚁是否也有恐惧、兴奋、愉悦、畏惧等情绪？这个即使是我成年后也不能知晓的，但在多年之前，在我蹲在太阳底下满头大汗看它们队伍行进的时候，我以为它们应该是和我们一样的，就像后来读到大隗国的故事一样。

第一次有强烈讨厌某人的念头，村里一个比我年长些的孩子，他家里有亲戚在宁波，在村里的孩子群中也算是见多识广。不知道他从哪里弄来了一块放大镜，这对于我们是新奇的器物，这器物上附着当时我们幼小的心中很难理解的魔法。很多事，其实都是因为无知而有趣。在放大镜的世界里，所观照的事物在栩栩如生中让我们恐惧，就像蚂蚁放大很多倍后，它的触须、它的身体，呈现出一种面目上的狰狞，有点儿像电影中的怪物，虽然这种狰狞是虚张声势的。

放大镜在阳光下有聚光的功能，聚光后会形成热源，能够让纸片和枯叶燃烧起来，同样也能够灼伤蚂蚁等生物。这个炫耀着他的宝物的孩子，说这是照妖镜，就是《西游记》里能够照出妖怪的镜子。他说完后，聚精会神把放大镜对着苍蝇和苍蝇之上的那群蚂蚁，直到苍蝇薄薄的翅羽发出烤焦了的味道。

那些在劳动中的蚂蚁，它们的身体蜷缩起来，在阳光下，很快就被尘沙湮没了。

蚂蚁对于我们而言是无足轻重的，但这种漫不经心的方式很让我反感，而他有放大镜又让我嫉妒。后来是奶奶的老花镜遭殃了，我发现老花镜和放大镜的功能是一样的——效果上略有差异。

我喜欢对着白纸或刨花聚焦，在时间被放慢以后，它们会发出袅袅青烟。到了冬天，寒风凛冽到水缸也结冰时，我们把冰取出来，放在阳光下，有时候也会有放大镜的效果。

非常好的是，那一面放大镜在不久后无疾而终，因为他太要显摆了，每天都带着它，在一次跑动中，放大镜从裤兜里掉了出来，刚好落地在一块石板上，一下就四分五裂。在放大镜的碎片周围，有几只蚂蚁依然在忙忙碌碌，它们并不知道这从天而降的是什么。

蝴蝶翅羽的扇动

那些蚂蚁趴在那只硕大的蝴蝶身上，身上的那种斑斓似乎有了瑕疵。蚂蚁也不善良，尽管它的确弱小，用手轻轻一捻就会粉碎。

一直有人和我说，蝴蝶翅膀上的那层敷着的粉啊，是砒霜，有毒，我不知道这个说法的来由，小时候总是容易相信这些的，加上从小就特别珍惜生命，天生怕死，听多了乡野间的鬼故事，对未知的事物有着天然的畏惧。

蝴蝶在蚂蚁的咬噬中，感觉到了痛，如果它有意识，它感觉到了生命的流逝。于是它奋然挣扎，跌跌撞撞又飞了一会儿。我对奶奶说，帮帮蝴蝶吧，它好可怜。奶奶面慈心软，对蝴蝶是不会当回事的，她说，帮了蝴蝶，蚂蚁吃啥呢，这是蝴蝶的命。说是这样说，但我的期待打动了她，她把蝴蝶捡起来，放到高一点儿的地方，树枝或者窗台上，总之是我当时够不到的地方，我想蚂蚁也够不到的，于是我放心了，心底里对这样的善行自我表扬了下，就管自己去玩。

但没有过多久，当我玩一圈回来，想着再去看看蝴蝶是否安全的时候，蝴蝶早就把自己又扑腾到地上了，就在我的脚下。这回，蚂蚁的大军爬满了它的身体：翅膀、触须、肢体，无一例外，它还在抽动，但看起来就是那种生命彻底流失了的状态。

那景象是恐怖的，一场血腥的残杀，也让我最早认识到了自然界的残酷。

蚂蚁拖曳着对于它们是巨大的尸骸缓缓移动，属于它们的巨大的收获。

那个时候，我是分不清蝴蝶和蛾的区别的，我一概把蝴蝶和彩蛾都称为蝴蝶，它们翅羽的美丽宛然如梦。

美丽的东西都有毒。这个观念好像从小就有人在默默传输给我：在屋后猪圈边上的柴房里，因为潮湿、阴暗，那些木头和泥土里会时不时钻出艳丽的蘑菇来，村边的水沟和大树底下有时也会，蘑菇伞状的身体色泽鲜艳，散发着腐朽的气息，很奇怪，看到这些蘑菇的时候，即使彼时年幼而没有生活感受的我，会泛起一种孤独的情绪，那种淡漠的空虚。

蝴蝶有时也会传递给我这种情绪，就像它们的花纹。其实在江南看到最多的蝴蝶，是那种普普通通的白蝴蝶，那个又叫菜粉蝶（拉丁学名：Pieris rapae Linne），或者叫菜白蝶，幼虫又称菜青虫。菜粉蝶看着体态轻盈、飘逸，却会祸害蔬菜，主要是它的幼虫。我后来有一次看到蝴蝶时，突然觉得，那个时候认为蝴蝶的鳞粉有毒，一个最大的可能就是成人说蝴蝶有害，而我理所当然地认为它们有毒：害等于毒，有害的就是毒物。幼小时总归是这样天真地去理解世界，非黑即白，多么简单的想法。

这种误解，其实迷人而有趣，像是一座微型的迷宫，很多时候，误会会造成一些有趣的插曲。我很喜欢的一个作家纳博科夫就是蝴蝶爱好者，在他的照片中，有不少是提着网兜、穿着户外工作衣裤的造型，每次看到这些照片时，总感觉他也如蝴蝶般斑驳：文学上的斑驳有时是一种赞誉，有时是一种歧视，要看是指向哪一位作家。

和很多那一辈的宁波人绍兴人一样，奶奶是越剧迷，周围村坊间有演出她是会带我去的，我虽然不是太能忍受戏台上那种慢吞吞的剧情，但总归有东西可看也是好的，有热闹让人兴高采烈。《梁祝》是越剧中常常演的曲目，我感兴趣的是梁山伯和祝英台最后的化蝶，人真能够化作蝴蝶吗？以至许多年后，我写了一首同名长诗，把自己代入到蝴蝶翅羽的扇动中。

我父亲读完大学后一直工作在杭州，一年会有几次回乡。杭州，当时觉得是多么遥远的所在啊，和月亮一样的遥远，但我居然去过，这是和村里那些玩伴吹牛的资本，也不是吹牛，但有着见多识广的那种优越感：马路宽阔，有六层那么高的高楼……坐着绿皮火车，咣当咣当，要四五个小时。

有一年父亲回家的时候，正好有一只硕大的蝴蝶飞进了窗户。

那是我当时见过最为漂亮的蝴蝶：翅羽飘拂如绸带，色泽丰富，既有如天空般的蔚蓝，也有一抹惊心动魄的嫣红……我蹑手蹑脚上前捉住了它，这个时候不怕它有毒了：美的诱惑胜过了我的畏惧之心。

我把它养在一只鞋盒里，放了一些青草和木槿花进去，但第二天，它已经僵硬了，再不能扑棱着翅膀。但即使是死去的蝴蝶，依然有着让人无法忽视的美。

父亲看我恋恋不舍的样子，说，把它制成标本吧。他说，也顺便教我制作标本的技能。

当然主要是父亲在做，我就在边上看着，但这是我拥有的第一件标本，父亲的大手看起来灵活无比，当最后一枚大头针把蝴蝶固定住以后，隔着塑料纸它栩栩如生，好像还在空中飞翔，因为它保持着飞动的样子。

直到几年以后，因为潮湿，蝴蝶标本开始了霉烂，它的身体上长出了白毛。潮湿多雨，江南诗意和颓废的由来，没完没了的雨，淅淅沥沥的雨，让人发愁和内心柔软的雨。

等后来，去自然博物馆看蝴蝶标本时，那些在玻璃后的标本，失去了蝴蝶飞动时的气息：那一缕生命的颜色，或者是天地间的气息。

一旦失去那一缕生之气息，它们便变得呆板而枯燥，而不像此刻，停在某朵花上的菜粉蝶，它单薄的翅羽微微颤动着，如果仔细看，会有天地之美的慨叹，那翅羽上若隐若现的图案包容着造化的剔透。它静静停在草茎上，翅膀一张一合，像是把这秋日的风景包容了进去。

　　这蝴蝶小小的翅羽战栗着，在哪里会引发一场风暴呢？

　　想起这个物理学上的典故，这场风暴能够席卷到我的梦中吗？

或蜻蜓，或豆娘

有人小的时候被蛇虫百脚咬过，有人小的时候被鸡鸭啄过……这些都不奇怪，我小时候被蜻蜓咬过。这个说出来有点儿魔怔：我去抓蜻蜓，它就咬了我一口，有一道血痕，皮肤并没有破，有一种奇怪的痛，不深刻，就是古怪，居然被这不起眼儿的东西咬了，这咬让人刻骨铭心。

狗急跳墙，兔子急了咬人，在我手掌里的蜻蜓也像是兔子，它急了。

那种痛是童年阴影的一部分，这小型的"直升机"，翩跹着的"猛虎"。它们通常是成群结队的，像是夜晚灯光下密集着的飞虫，也许是放大了无数倍，在它们密集飞翔的时候，会发出嘈杂之声，密集恐惧症的噩梦。

动画电影《大闹天宫》当时红极一时，美猴王一下成了我的偶像，那时候喜欢的游戏就是拿着一根树枝，我的如意金箍棒，挥舞着冲入蜻蜓群中，冲入蜻蜓群中挥舞着如意金箍棒，口中念念有词："吃俺老孙一棒！"

这种盲目的舞动，是荷尔蒙在童年的一种形式。

总归有蜻蜓被打落下来，然后放进塑料袋里，也有些蜻蜓被打得头或翅膀都已经折断了，但一样把它放到塑料袋里。这个时候的兴趣很奇怪，有着收集或者说是集邮的癖好。抓了蜻蜓其实也没啥用，最多就是用来喂蚂蚁，但就是想抓，一种强烈的欲望，或者说是贪婪。

童年的一些念头常常会很奇怪，这个是我后来才明白的，在儿子的童年，总是想着带他去开拓眼界，但往往事与愿违，比如他看到地上有一摊水，就能玩得不亦乐乎，而成人世界中的美景往往是被忽略的。

人类的幼兽有自己探索世界的方式。就像我被蜻蜓所咬，让我知道它们有锋利的牙齿，其实如果把它的口器放大了看，和猛兽并无差别，或者把我们按比例缩小到蜻蜓的世界时，我们可能也无法逃脱。事实上，在我们看来它们悠闲的飞翔中，主要就在捕食其他昆虫，捕食的时候它们会猛抓住猎物，其脚上长有的大量粗毛，可以帮助它们抓紧猎物，令其无法逃脱。

这种狩猎的景象偶尔也能见到，后来看了很多因生化危机导致怪物横行的电影，大多也是循着这个思路去编剧的。蜻蜓的口器相当发达，撕咬猎物显得非常贪婪和蛮横，它能够在三十分钟内吃光与自己体重相等的食物。如果再想想，那是人类所不及的，我们的认知有一个边界，这边界往往约束了我们。

看见蜻蜓时，我们往往觉得是静谧的，蜻蜓点水，伶仃和料峭的形象，却在这个形象中，藏着心中的猛兽，就像它们细长的足触及水面，水波便会涟漪开去。在知道蜻蜓是复眼之后，我常常陷入一种困惑，在它临水俯瞰时，它能够看到几个自己？它们是一样的吗？

在水边，在草丛中，真正可视为柔弱的是那种跟蜻蜓很像的豆娘（昆虫纲，蜻蜓目，统称螅），娇小的体态在草叶上真的是亭亭玉立，宛如能被风吹走。和它相比，无论是大蜻蜓还是普通的蜻蜓，都显得庞大和威猛了。

豆娘色泽鲜艳多样，轻纱般令人爱怜，它们依然是食肉的，这是身体里的基因所决定，和蜻蜓一样，豆娘也有复杂的复眼和咀嚼式的口器，它们应该是找更为微小的昆虫作为食物，食物链的正常一环。

即使是孩子，对于弱小总归有怜爱，豆娘楚楚可怜的模样让我抓到它了以后，都不忍心玩弄，有时便一松手，让它飞入茫茫的田野间。而对于蜻蜓，越大是越没有这样的待遇的，顽皮的孩子，会用细线拴着它，像是自己会飞的风筝，但当然放不了多久。

这个绳子是有长度的，飞得远了就会牵住，但蜻蜓还是往前飞，几次下来，它细细的脖颈承受不住，会如割喉般的折断。

有一阵子，我痴迷于任何会飞的事物，比如竹蜻蜓，这让很多年后我和儿子有了相互沟通的一个点：他喜欢的哆啦A梦正是依靠竹蜻蜓翱翔的。它的制作看着简单，但其实不容易，有很多讲究：它由两部分组成，一是用竹片削成的竹竿

（柄），另外就是给竹竿安上翅膀，也是竹片做成，但要削得很薄，中间打一个小圆孔，这样可以安装到竹柄上。

最重要的是在小孔对称的两边各削一个斜面，以起到竹蜻蜓随空气旋涡儿上升的作用。制作完成后，我们用双手掌夹住竹柄，快速一搓，双手一松，竹蜻蜓就飞向了天空。

它的上升是螺旋式的，下降也是螺旋式的，这增加了停留在空中的时间。我们年龄小，因陋就简，只是飞动的时间和距离也比较简陋。

玩竹蜻蜓需要技巧，纸飞机就不需要了，折成流线状的香烟壳，往空中一抛，它就会飞行一大圈（其实是在空中滑翔）。我最喜欢的，便是蜻蜓密集低翔之时，把纸飞机抛出去，让纸飞机融入蜻蜓群中。往往，在蜻蜓聚集着环绕我们宛如表演般的景象之后，就开始下雨了，蜻蜓对于低气压非常敏感，像是暴雨的预兆。

一下雨，土路上便出现一个一个大大小小的水坑，我们喜欢的就是穿着套鞋踩水玩。在这飞溅的水花和泥泞之下，是属于童年的王国，而在蜻蜓的复眼里，看到的不知道是怎么样的平行世界。

黑猫和其他的故事

往往，有很多幼时所做的愚蠢的事，到了溺爱者的眼里，都成了你天赋异禀的证据。奶奶活着时，时常会说，在我三岁或者四岁的时候吧，有一回蹲在屋后的墙角边，在和一条蛇说话，这孩子有多乖啊，也不用手去摸蛇，只是和它说话，而蛇盘着身子，昂着蛇头，吐着尖尖的蛇芯子。当时把走过来的奶奶吓得后背爬满了汗，但不敢大声叫，怕蛇受到惊吓而攻击，蛇也许感受到有人接近的声音，逶迤着，迅速爬入了石隙间。

我至今不知道这蛇有没有毒，也许，只是一根草绳罢了，也许，只是奶奶对我爱的影子。而按照乡间的传说，这蛇大概是属于家里的，它是一种灵物，守护者，简单而充满爱意的叫法就是家蛇，相当于房屋里的魂。

在以前的乡下，常常有把家里出现的动物当作家庭成员的传统。就像童年时养过的那只黑猫，那真是一只黑色的精灵啊，毛色非常的水亮，捉老鼠非常厉害。我常常把它想象成老虎，或者就是故事里老虎的师傅，老虎学会本领之后，以为自己腰板硬了，你会的我都会了啊，它要吃猫，但猫留了一手以防万一，爬树的技艺它没有教给老虎。借着这门技艺猫得以虎口余生，而这，大抵是原来手艺人授徒时喜欢留一手的内心独白：教会了徒弟，师傅吃什么呢？

我固执地以为，猫有老虎这样的禀赋，它就是老虎，或者就是老虎缩小了自己的灵魂披上猫皮。而这只猫，很多年后依然潜伏在我的身体里，和我说话，和我交流生活所不能抵达的地方。

许多年过去，老宅已经改变了许多，但这只黑猫当年所潜行的猫洞居然还在。小时候，我会趴在地上去观察猫洞，仿佛它深不可测，实际上只是一墙之隔，两边的世界都是我所熟悉的，但这个通道把两个世界的气息贯通在了一起，而因为这个洞，两个世界变得神秘。猫是不喜欢走寻常路，明明门开着，它还是喜欢从猫洞里进出，就像是一个通往神秘世界的车站。

只要我凝视着洞口，这猫便会喵喵叫着出现，仿佛它懂得我所期待着的事。

黑猫是母猫，好像我记事开始它就已经是家里的一员了，它一般都很温驯，趴在我们的身边，惬意享受给予它的抚摸，如果到了饭点，会绕着人不断发出谄媚的叫声。但凡事总有例外，在它生小猫的时候：正是它多次从猫洞里钻出去后带来的礼物，它的肚子突然变得不可思议的圆润，这种圆润的时间并不会延续很长。

奶奶说，猫又怀孕了，它要生了。

奶奶是村庄和周边乡村著名的收生婆，或者说是赤脚医生，在她手中接生的孩子数以百计，这让她在乡邻中有着美好的声望，直到她过世多年后乡间依然有她的传说。但在我出生时，她是无论如何让我母亲去了镇上的医院，她说：关心则乱，万一到时候一个心慌，就会酿成大错。

因为奶奶是收生婆，她本来可以帮黑猫生产的，但猫的天性是荒僻的，甚至有些凉薄。常常会有几天，怀孕的黑猫突然就消失了，谁也不知道它去了哪里，也许是在房梁之上，也许是在某个旮旯角落，总归它就这样神奇地失踪了几天。

这时候村庄里的有些人会急，到处找，后来我知道，他们想找到猫生产后的胎盘，说是吃了那个大补。他们好像是包打听，或者有千里眼、顺风耳，谁家的猫大肚子了都知道，而奶奶总是顾左右而言他，每每让他们失望顿足而去。后来我才知道其中的秘密，猫生产后和人一样需要补充营养，它的胎盘会被自己囫囵吃下，用来弥补生产时所耗费的精力，奶奶觉得人不能去抢猫的这种口粮。

这种自我的食物循环来自动物的本能，它们是有智慧的，也许表现得比较粗浅。

通常，这样过了数天后，黑猫便会衔着小猫出现，有时候两只，有时候三只，最多时会有五只，这个时候，是不能惊扰它的，一受到惊动，它又会衔着小猫遁去远远的，仿佛孤独的孩子，对世界充满了畏惧，这和平常的时候，在人脚下撒娇献媚迥然不同。

这大概是潜藏在动物本能中的母性，但这母性一旦被触犯，有时也会诱发可怕的后果：猫会把自己的孩子咬死。也许是因为它感受到了无名的威胁，我后来养仓鼠时，也遭遇过这样的场景，仓鼠生了一只小仓鼠，仅仅有一只，在刨花丛中，出于好奇，我小心翼翼把小仓鼠拿到手心观察了一下，然后就交还给了它的母亲。当天晚上，给仓鼠放置食物时，突然发现小仓鼠已经血肉模糊失去了生命，记忆之门开启：童年时的黑猫，它在夜色中能够发亮的眼眸，在暗中瞪视着我。

黑猫其实是孤独的，像是独自行走的灵魂。有时候在我上床后的夜晚，如果我一下子没有睡着，会发现黑猫端坐在窗户外屋檐的瓦片上，有时也在屋檐延伸出去的梁上，而圆月像个背景在它的身后，它，像是投影到了月亮的环形山丘上，它们得到了一种秘密的交换，一种风一样的气息。

那个时候，我会想，黑猫是否和月宫里的白兔在对话？想到嫦娥和白兔，我又想到了吴刚，便不由自主又抬头去看月亮，月桂树可被砍伐下来？鼻子下萦绕着隐隐约约的香气，可能就是心理作用。月亮上的阴影，他们说那个是吴刚，我看见了，但其实我没有看见，他们手指的方向让我以为看见了。这真是一个悲剧，他砍的树总是砍不完，但他不是英雄，我们缺乏制造古典悲剧英雄的浪漫。

吴刚是一种教育，日复一日的劳作，但和西西弗斯神话又有本质上的不同，理解了这一点，也就理解了中西文化的差异。就像月亮是中国文化的纽扣，把这枚纽扣解开，会发现中国式的乡愁和悲绪。

黑猫像是一个媒介，在有些夜晚，它轻功卓绝，在瓦片上有着片叶不沾身的意蕴，而我的视线追随着它，当我看不见它的时候，我常常想它是否去了月亮，像是嫦娥当年一样。

八岁时，读小学二年级的我离开了乡村，这黑猫比我待得更久，大概在我十五岁那一年回家的时候，有一只小花猫在奶奶脚下蹒跚叫唤，我问奶奶，黑猫呢？奶奶说，归山了吧，有一天看到过后就不见了。养熟了的猫和狗，当它们预感到大限将至的时候，就会躲到我们无法找到的地方，静静等待那一口气的散去。

黑猫就像是一阵风，尽管有人说它有九条命，但还是从我们的生命中远远吹过。最终，我们也会像风一样。

守护神螳螂

秋日在河边的草丛中看到螳螂，颇让人意外，它还是那种不可一世的模样，但不是翠绿色的，而是草叶枯萎时的那种深褐色，一种苍老和时光不居的情愫会悄然而生。我走近一点儿，它便警惕起来，举起前臂，摆出一副要攻击的模样。

螳螂是我从小起，最喜欢又有点儿害怕的动物之一，它的张牙舞爪是别的动物难以企及的，大概只有我们都喜欢吃的小龙虾勉强可以做个类比。当我略大一点儿的时候，开始着迷于武侠小说，那个世界里，常常有一门螳螂拳螳螂刀的武功，形和意的结合，表现在屏幕上时，饰演这个角色的演员往往精干巴瘦：把手臂形成螳螂的长臂模样，一抖一抖的，说不出的滑稽。

如果去探究这个心理非常有趣，无一例外，这门功夫在各种文字和电影里，都是龙套，为了衬托别的武艺高强而存在。实际上，如果对中国文化有所涉猎，螳螂绝非一个好的值得借鉴的形象，"螳臂当车"早就把它的色厉内荏说得淋漓尽致。

螳臂当车也是我孩提时听到过的成语故事之一，但每一次看到螳螂威武的模样，它一抖一抖准备攻击的样子特别嗫瑟，那时我觉得这挡车是真有可能的，起码它无所畏惧，它就是堂吉诃德，那个可怜的英雄。

它的有锯齿的臂，就是两把大刀，在空气中显出一些凌厉，这让它气质迥异，在我们能够看见的日常动物中别具一格。

抓到螳螂后，我们往往会找个长头发的小姑娘，趁她不注意的时候，拔两根头发下来。小姑娘当然会吃痛，但追不上我们也就罢了。

我们要这两根头发干什么用呢？我们用来喂螳螂，很奇怪，螳螂能够用它的臂把头发吃下去，吃的时候慢条斯理。这个时候，如果那个被拔了头发的小姑娘过来，她多半也会被吸引住，而忘了有拔发之仇。

喂螳螂头发的缘由是出于对螳螂的观察，螳螂经常用前臂捧着咀嚼它的触须，这应该是一种清洁的本能，但我们以为它喜欢吃毛发。很多误解都是这样产生的，然后，慢慢就变成了一个传统。

孩子时的快乐和伤感、爱和仇都是简单的，很少有隔夜之恨，就像我跑快了，摔倒在地上，奶奶就会去打这块地，说，都是你的缘故。而我，往往就破涕为笑了。

相比于逗螳螂作战斗状，我更喜欢的是把螳螂置于蚊帐之中：它会捕食蚊子。

讨厌的蚊子，像是小型轰炸机盘旋在我们耳畔的蚊子，哪怕是躲在蚊帐之中，它还是能够从角角落落里奔袭而来，它总是那么讨嫌，用嗡嗡嗡提醒我们注意它的存在，在离开后又在皮肤上留下一个鼓起的包，伴随着瘙痒。

而螳螂，似乎是天生的蚊子猎手，也许不是，只是我的心理作用，总觉得在蚊帐里有了它，蚊子就会退避三舍，就会望风而逃。这个心理很有趣：家里的墙上时常有壁虎的出没，它确实是捕蚊高手，但我常常漠视它，甚至是害怕它，因为有一个秘密的传说，它会在你熟睡的时候钻入你的耳朵，把你的身体当作自己的栖居地。这个传说不知从何而来，也从来没有得到过证实，却一直吓唬着我。

我不知道那些夏日有梦的夜晚，是否有螳螂的功劳，它就像是一个守护者，因为它有着威武的大刀。

也许是为了奖励它的兢兢业业，也许是我游戏中的一环，我会折来几株柳树的枝条，带着柳叶的枝条，鲜嫩、清新，把它们挂在蚊帐里，床一动，树枝摇晃，就像是风吹动。螳螂好像是有了一个自然的环境。

其实，蚊帐之外就是窗户，窗户之外就是广阔的乡野，但螳螂是看不到的，尽管它举着两把大刀，尽管它有着凸出的复眼，那透明的布满细孔的蚊帐挡住了它。

螳螂的刀并不完全是一种摆设，我见过螳螂同类相食的场景，半截身子在另一只螳螂的双臂之间躺着，吃的螳螂看起来很是慢条斯理，享受着一顿理所当然的饕餮大餐，而被吃的那只也没有挣扎，也许已经生命结束了。那个时候，阳光斑驳，却让我不寒而栗。也是很多年以后才明白，这是动物界生存的需要，交配后，母螳螂把公螳螂（体形较小）吞食下去，用以补充繁衍所需要的养分，这和黑猫吃自己生产时的胎盘是同样的道理。

但公螳螂是心甘情愿的吗？我不知道，不过它的大刀，有堂吉诃德般的勇气。我把这只褐色的螳螂拨到了草丛深处，秋天，它也许也到了生命的尽头。

小　人　国

蜗牛是牛吗？在很长一段时间里，我以为它是。

别笑，我真的去草丛中找过，在我的想象中，这蜗牛就是我们通常看到的黄牛和水牛的模样，只是要袖珍很多，比如像甲壳虫那么大。我的这种奇妙的想法，是听了《格里佛漫游小人国》的故事之后，像骑着扫帚的哈利·波特一样飞入脑海的。

人之初，因为见识少，对于很多事物充满了奇异的想法，这种奇异的想法会派生出种种有趣的错觉，这些错觉却会产生丰富的心灵。

那个时候，我不知道从哪里听来的，说花的果实能够孵出五颜六色的小鸡来。现在想想，大概是因为当时农村里有自己孵小鸡的习惯，作为一个问题儿童，看到那些场景总会问很多问题，而大人们为了应付我，随便找个理由敷衍，而孩子总是会当真的。

于是，我一次次采了木槿敛结出的种籽，又把它们小心翼翼包在棉花絮中，再把棉花絮放在火柴盒里，期待着有一天打开火柴盒的时候，能够看到叽叽叫唤着的小鸡来。

这当然是不可能的，但我在梦中见过，仿佛它们已经孵出。

多么有趣而简单的对世界的认知，加上我不求甚解的性格，无意中我打开了一个想象的世界：它是寻找之门。我想象中的蜗牛，有着牛一样的形状，有着牛一样温驯的眼睛，有着牛一样粗壮的腿，甚至，我想过找到它了以后，我要把它关在哪里，以便我时时去看，去戏耍。

这样去按图索骥当然是找不到的，一扇画在墙上的门，又怎么能够推开？但孩子的心非常天真，越是找不到，越是觉得它神秘，这和期待植物之籽能够孵出小鸡是一样的道理。孩提的世界里，是要把不合理和荒诞的事物当作一件真实发生的事，用想象去雕琢它，去打开它们。

但很奇怪，我们先离开蜗牛一会儿，说说另外的一头"牛"，在这里，我又明白牛和牛之间是不一样的，它就是天牛。那种带着咀嚼式口器，有很长的超过身体长度的触须，看起来仿佛是穿着铠甲的古代武士。《大闹天宫》中的美猴王，就是戴着这样威风凛凛的冠冕，喝醉了酒以后，这雏鸡翎左摇右摆，好不威风。

这天上的牛，和长着犄角相互掐架的真正的牛极端相似，也让孩子能够把两头天牛放在一起，斗蟋蟀一样，让它们用大牙相互撕咬。和斗蟋蟀不同的是，蟋蟀是天性好斗，而天牛相互之间的杀戮需要我们推一把，我们要把它们的咀嚼式口器纠缠在一起，也许是身体的痛感让它们开始相互厮杀。

天牛和天牛之间的这种撕咬，泛着残忍的光，尤其是我们这种引导的行为，孩子时，其实是没有善恶之分的，善恶都在一念之间，有的只是恻隐之心。

像蜗牛，就是另外一种孩子时才会想到的思路，它循着七个小矮人等童话的痕迹而来，是那种柔软之物，充满着童趣。我去翻草丛时，其实我已经看到了这头"牛"的踪迹，蜗牛啊，在阴凉潮湿的草丛中，在雨后，到处都会有，它们慢吞吞地，背负着自己的房子，缓缓移动，但明明"牛"在眼前，我却视而不见，它不是我想找到的那头牛。

而有的时候，地上会留下它爬过后的痕迹，大人们会告诉我们，这是蜗牛爬过的。我会有些遗憾，又没有见到这神奇的牛。很多年以后，差不多在我孩子和我当年一样大的时候，我写过一首《蜗牛之歌》，童心大抵都是一样的，思考的角度也相仿佛。

在草丛之中，的的确确藏着一个小人儿国。

蜗 牛 之 歌

"它是什么样的牛？"孩子的问不奇怪
蜗牛总是在这里，在草丛和青春的深处
它有慢悠悠的情调：留下那痕迹
它所背负着的，也许拖住我们的岁月

那缓慢的迷醉：那举止，那攀缘……

那雍容着的，在另一个地方
它说明一个答案，给出我们的方向
它其实是一个梦：坚硬，但是被剥落
寄托我们的悠悠，在它的壳里
它有更宽敞的脸、更莫名的动

一头不一样的牛。孩子这样总结
也许有一点儿失望：他拨开草丛
以为是走向童话的门
他被抛弃：是时间所勾引着的
那加给我们的，难道是赐予？

洋溢着的浩瀚，在它内在的呼喊里
一个新天地，或者是那秘密
不曾说出。它知道沉默的表达
当它被发现，恰如其分：
如果它是牛，那么牛又在哪里？

螺蛳和河蚌

那个时候，我是不知道村边那条蜿蜒而过的河有个名字叫洋溪河的，我就叫它河。大河，相比于我当时的视野，它太开阔，甚至还有几条小小的岔道，像它的支流就蔓延在我们的村落里，仿佛血管的一条枝丫。现在看的时候，和很多我所见过的河道一样，都显得平平常常，但又有一种风景中的沉溺之感。

夏天嬉水，作为孩子这种弱小的生物，一般都安排在支流的水洼处，那里安全，最深也就半米，像是游泳馆的浅水池。成人则是从河的南岸到北岸来回游动，我当时很羡慕那些头顶着自己的衣服，踩水过河的人，感觉他们就是故事里的好汉。

洋溪河的河埠头，也曾经是我钓虾和抓鱼的乐园。虾是正儿八经的河虾，钓上来时晶莹透亮，放在水铺蛋里，滋味极其鲜美。鱼就是那种我们称为肉埠头鱼的小石斑，不是钓的，用淘米的饭箩去抓，需要的就是耐心和一点点技巧：把饭箩全部浸入水面（一般放一块石头增加重量），饭箩有线吊着，当鱼游入饭箩时，便极速拉箩出水，也可以不用线，手把着箩的两端，要屏住呼吸，手脚都不能动，像个木头人一样，鱼感到没有危险了，就会游过来，然后双手提箩。

捕猎的收获会让孩子的笑声荡漾在河面之上。

同样，还有摸螺蛳和河蚌，这样的年代想起来已经恍如隔世……实际上也没有那么久，对于每一个人而言，童年的脱离是一种甜蜜的空虚，它此后指向了腐烂，那些在暗中的我们不曾发现的岁月在那里慢慢沉积，能不能发酵得看天时地利了，就像河蚌总是在河床的淤泥里窝着，当我们的脚踏到这硬物时，保护它的壳也成了暴露它的缘由。

蚌是闭合的，有一种意志里的傲慢和抵抗，它是自大的帝王，但我们可以把它撬开，熬汤或者炖肉，有时候让人意外的是珍珠的发现，蚌病成珠，也算是无用之用了。天然的珍珠也没有作为饰物的价值，大多玩过一阵子就厌了，再过一阵子就和别的很多东西一样不知所终。

小的时候，对于螺蛳和河蚌是亲切中带着漠视的，毕竟它们到处都是，在那些健康的水域里，它们，尤其是螺蛳，是密集恐惧症惊叫的理由。当时的洋溪河上，下河摸河蚌的人是很多的，螺蛳没有多少人当回事去摸，它的繁衍能力惊人，这在我家的水缸中得到了证明。

我曾经在院子的水缸里放了几枚螺蛳进去，然后在无所事事中打量它们的缓慢：被混混沌沌丢下去的时候，它的那片鳞，也是它身体的大门是害怕着合拢的，缩到了硬壳深处。我总觉得古代军人所使用的盾牌，也许是从它这里得到了启发。在它紧缩的那个时候，我想它是害怕的，它也许能够叫出声来，但它的声音太微弱，我们并不能听到。

在水底重新回到安静里，它能够慢慢舒展，或者说是平复自己的心情，它把眼睛的触须慢慢伸出来，像一朵花的开放，缓慢，多么像是一个梦幻，和与它类似形体的蜗牛相比较，螺蛳触觉的眺望更具有一种乡土的意蕴。螺蛳是笨拙的，但如果我用手指头荡起水波，和之前我俯瞰时它置若罔闻（也许在它眼里，我就是一道奇怪的阴影）不同，它会迅速把触须收回，没有一点儿犹豫。这大概是自我保护的本能。

突然有一天，这水缸里爬满了小螺蛳，在水缸的小世界里，这简直是一场暴动。于是，我把它们一一捞出来，当然，还是有漏网之螺的，就让它继续逍遥着，直到它再一次在小世界泛滥。

湖泊、池塘、水田和缓流的河溪中，如果我们仔细观察，都可以看到螺蛳的影子，它和这些栖身之地大抵合而为一，低调到了可以忽视的地步，它是沉默的大多数，却并不深沉。"清明螺蛳赛只鹅"，吮吸炒熟了的螺蛳是快乐的，把螺蛳的屁股用剪刀绞去，红烧或酱爆，能够给舌尖带来足够的鲜美。孩子是不会吮吸的，但可以用牙签啥的把肉挑出来再吃。

我的邻居，就是我叫婶婶的女子，她能够把一瓢羹的螺蛳放入嘴中，抿嘴，转瞬吐出，螺蛳壳和那片鳞便都到了嘴外，而螺肉全部都在嘴巴里了。这在我看来，是一门了不得的技艺，有着魔幻的色彩。

相比于螺蛳，孩子更喜欢吃田螺，那个大，烧熟了，可以用筷子把肉剔出来。在那个时候，人其实很少吃河蚌和田螺，嫌弃它们的土腥味，一般收集来，就是敲碎了喂鸡喂鸭，说是用活物喂养的鸡鸭，下的蛋也会特别鲜美。

大概在我五岁那一年，夏天特别干旱，近两个月没有下雨，洋溪河的水位越来越浅，但还是没有像样的雨水下来。整个河床上淤泥露出来，开始是泥泞的，人并不能踏足上去，一走上就要陷下去，但一段日子过去，河床被太阳晒得硬邦邦的，也能走了。在河床最中间处，还有一条水沟顽强流淌着，而我最早捡拾河蚌，从淤泥里把它们挖出来，就在这个时候。裸露出来的河床，淹死过人的河，神秘莫测的河，突然就这样直截了当地袒露在我面前，甚至让我有点儿失望，它和土路也没有多大的区别。

在河床上顽强流淌的水沟周围，已经有绿草葳蕤，它们都是追逐着水而长。那一年的蚊子很少，到了夏天快过去的时候，终于狠狠下了几场暴雨，河也就恢复了河的模样，依然是当时的我觉得无比宽阔的大河。

蜘蛛的网

因为久不住人，在房子里走动时，到处可以触到蛛网，而且基本上这网是完整的，因为很少遭到破坏，但很少看到蜘蛛。可能是蜘蛛听到我们走近的脚步，就迅速逃逸了，动物在这些方面远比人类敏感。如果有心，是可以找到蜘蛛的巢穴的，蛛丝马迹是侦探用来破案的线索，同样，有耐心，循着纤细的蛛丝，一定可以找到它的主人，除非这蛛网已经被遗弃了。

蛛网上会挂着苍蝇蚊子一类的尸骸，蜘蛛就像是王者，在编织了自己的领地后，就能够坐享其成。通常，蜘蛛也是端坐在织就的蛛网中间，它的脚搭着沿向四面八方的蛛丝，哪里受到了撞击，蛛丝便会颤动起来，然后像波浪一样传递给主人，它便会迅捷出击，收获自己的猎物。

在人迹罕至的山中，我甚至看到过有鸟类挂于网上，估计是撞上后挣脱不了。这蜘蛛也不是我们通常所看到的，比较硕大，我看见过的最大的蜘蛛有喝茶用的玻璃杯的杯底那么大，也只有这样大的蜘蛛，才能够吐出柔韧和束缚之丝。

这些蛛网，丝丝缕缕，把我引回到了某种幽暗而沉静之地：它隐藏在记忆的某个抽屉里，一旦走进去，是另外一块草坪。那个年龄，对于玩的想象力是无穷的，就像地上的一摊水，我们都能够玩出无数的花样，仿佛它的空间，如倒映着的那片蓝天一样广袤。但成年人是不会想到的，他们会忘记自己有过的天真岁月，当时间流逝，有些乐趣也在逐渐消失，那摊水渐渐枯竭、干涸，然后便无影无踪。

我们会拿来主义，把蜘蛛编织的网拿来为己所用，其实也没有太多的用处，就是觉得好玩，化身成了蜘蛛人。我们拿来那种细小的竹枝，把它柔软的那端绕成一个圈，然后把蛛网铺到这个圈上，有时候会用很多的蛛网，一层层叠上去。

在这个时候，是不会去考虑蜘蛛所付出的辛劳，也不会想到它织网的那种辛苦，因为这是一件非常有趣的玩具。

我们会拿着这样的粘杆，到处去捕猎。当然，捕捉的都是一些小昆虫，比如停在草叶或花瓣上的蝴蝶、豆娘、小型蜻蜓、瓢虫等，有时也去粘苍蝇。去粘蝴蝶是最经常的举动，小的蝴蝶被粘上了，它们当然会奋力挣脱，像是要从噩梦中挣脱出去。偶尔，它们这种挣脱的姿态引起的小小战栗，会让我想到那个年龄经常有的梦境，我能够如鸟一般在空中行走，这个可能和长身体时内分泌的影响有关，骨骼总是在生长，但当时并不知道其中的原因，觉得推开梦境便是到了另外一个平行世界：梦是我期待睡眠的一个动力，一个没有梦境的夜晚是多么的让人失望。蝴蝶要从蛛网中挣脱的样子，和我在暗夜中所做的梦有着相似之处。

我们会把捕获了的猎物从蛛网上赶紧摘下来，如果猎物挣扎的时间长了，蛛网就会千疮百孔，像是破碎而凌乱的旗帜。在这种捕猎的过程中，其实能够教给我的经验是，要做些力所能及的事，如果超过了承受力，比如用这个蛛网去捕获大一点儿的昆虫，那么很有可能什么也得不到。

这样的捕猎武器，最容易抓住的就是精巧的豆娘，因为它们太弱小了。当蝴蝶或蜻蜓，或者是别的昆虫从我们制作的蛛网中逃逸，它们的身上有时候还披着晶莹的丝线，飞翔的姿态和平时也会有些不同，好像大病初愈，但从我们的头顶划着斜线飞过的时候，仿佛就是一种嘲讽，我甚至能够听到它们所发出的笑声：看，你能够拿我们怎么样！

借助于蛛网所制作的这张捕猎之网并不实用，一般玩上几次就得重新去寻找蛛丝来补充。要找到蛛网很容易，我们有着非常多的经验，去那些柴房或者杂物间，那些人走动比较少的地方，比较阴暗之处，八九不离十能够找到它们。这种补充很像是给汽车加油，加上油后，让游戏可以继续下去。

老宅是木结构的，有的时候，蜘蛛会从屋顶上用一根丝吊着下来，它会借助于丝线晃动，我吹一口气，这条线便晃向远处，但因为蜘蛛挂在底端，过会儿，它又会荡过来。后来看电影《蜘蛛侠》，蜘蛛侠的造型和情节，应该也是从生活中而来，也许这灵感出于一个和我同样拥有寂寞童年的人。

在我而立之年，也就是二十多年前，我为蜘蛛写过一首诗，这时突然就想了起来，像一只蜘蛛沿着它的丝线飘荡到眼前：

生活的潜能，再一次让人惊讶

那纤细维持着它的

或者是另一条路，我久久盯视着

夜色在我们之间越来越重

像是从一个小孔内窥望

更加遥远的生命来自黑暗

那缄默的歌唱：在不动声色中捕获

命运里总有这样的时刻

蕴藉我们的陌生，承认

自己的失败。的确，在另一种模拟中

同样要被打扰，喧嚣

是时代的标志，否则，为什么

有这样的猛兽，有这样的饕餮

有这样迅捷的昨天？

它攀缘着，有时候虎视眈眈，有时候

被暮色神秘地沉浸：

它的出现和消失，循着那道路

它是我的障碍，当它繁衍得太快……

蜜蜂和孩子的秘密之甜

　　那一面土墙耸立，大概比我矮一个头，墙面上布满着小小的孔洞。还是有一些蜜蜂在那里探头探脑，但和我记忆里的那面墙已经大相径庭，不是因为它坍塌了一部分，现在留存的大概是原来的四分之一，而是它变得矮小了：以前，我踮着脚尖才能够到它的三分之二。原来的这面土墙，不仅可以遮挡住我的视线，还保留着我们一种秘密的快乐：对甜的欲望。

　　孩子对甜的欲望，其实就是肉体对甜的欲望，人们很难抗拒这种甜食所带来的诱惑，大抵是因为它能够让身体某个隐秘的地方分泌出兴奋的感觉。

　　在油菜花或者其他的鲜花绽放的四月，或者四月以后，暖风熏熏，蜜蜂便会忙碌。我后来知道，蜜蜂的忙碌有它复杂的秩序和仪式，但孩子的时候，哪里会想到这些，哪里会想到社会的错综复杂，而蜂巢正好是一个象征。

　　停在花瓣上吮吸着花蜜的蜜蜂色泽鲜艳，条纹斑斓，我们是不会用手去抓的，蜜蜂有刺，不能当作宠物来玩。

人类的幼兽时期，对玩的想象力是无穷的，即使是牙齿锋利的天牛，我们也可以拿来肆意把玩，但对于辛勤俯身于花丛之中的小蜜蜂，却会畏之为蛇蝎，多半是有人被蜇过后又口口相传，那种疼痛便成为集体的记忆。许多年后，我被马蜂所蜇到，童年时偶尔被蜜蜂所刺到的疼痛根本不值一提。

但世事的矛盾和悖论在此时内卷到我，像我生命中矗立起来的一堵墙，墙两边的风景也许是一致的，但我们不一定全部了解。

虽然说蜜蜂是群居的动物，正常的蜂群会有繁复和精巧的蜂巢，但从我小时候的经验来说，有很多蜜蜂把自己迷失成了个体户，也许是它们向往自由，也许它们失去了种群……我不知道它们独自行动的缘由，这是少数蜜蜂的生活方式，和少数人一样，而这些飘零在外的蜜蜂，机缘巧合下又会抱成团。

它们的栖居之所便是在这面土墙上，准确地说，是它们偷渡到了这面土墙上。

土墙上的孔洞，是它们的寓所。我们怕那一刺的痛和随之带来的记忆，但如果有微小的诱惑，就会把那畏惧抛于脑后：谁让蜜蜂怀蜜有罪？我们舌尖上的甜就是它们的灾难。

这是一个想起来非常滑稽的场景，数个孩子，每人拿着一只小小的玻璃瓶。对，就是那种卫生所里装药的小瓶子，大拇指大小，比后来海边作为漂流瓶的文创产品的玻璃瓶还要小上一半。这药瓶当年很多，盛放庆大霉素或者其他啥的，我们害怕打针，但对这药瓶却趋之若鹜。

一只手攥着药瓶，把瓶口对着这土墙的洞口，微微倾倒，露出些缝隙，另外一只手拿一根树枝，捅进孔洞里去拨，这时候一定要有耐心，等把蜜蜂拨出来，再小心翼翼把它拨落到玻璃瓶里。

这玻璃瓶很像是一种符号，它之前所储之物是通过针头进入人体，而在孩子们的手里，它又囚禁了另一种刺。

勇敢的人，便会把瓶子里的蜜蜂倒出来，这个时候，蜜蜂基本上是懵懂的，它搞不清楚这个世界发生了什么。然后，有经验的便会抹去它尾巴后的那根刺，之后便能把那滴蜜蜂身体里的蜜送到期待已久的味蕾上。

我从小胆怯，拔刺的手艺是没有的，但我会摇晃着玻璃瓶，把蜜蜂震晕后再倒出来，或者，我给这玻璃瓶灌满水，让蜜蜂溺死。对于我来说，只有死了的蜜蜂才是好蜜蜂。办法都是人想出来的，一旦我对某件事物势在必得，总归会想到办法的。

在村子里的孩子中，能够抓蜜蜂也是一种勇敢的行为，同样是对甜的觊觎，女孩子们会去采集凤仙花或其他的花蜜，吮吸它们的花蒂。那里有着另外一种甜，带着一种梦幻的淡漠，从植物的深处流出来，好像就是植物的汁液，而攫取蜜蜂之蜜，多多少少有一些狂暴的勇敢。

但无论是勇敢还是胆小的孩子，我们都不会去招惹马蜂，哪怕那巨大的蜂窝就悬挂在我们肉眼可见的屋檐下，或者树叶丛中，对它们可能产生的蜜，我们是想都不会去想的，即使这蜂窝淌下了蜜汁。每次走过，都会蹑手蹑脚，生怕惊动了某种神灵，因为我们听到过村庄里的一个传说：有一头牛，是被成群的马蜂所蜇后中毒而死。多年以后，当我被马蜂所蜇，持续数日的锥心而巨大的疼痛，让我想起当年的传说，这传说带着现实的影子，投射出现实模糊的轮廓。

蜜蜂就不一样了，虽然会痛一下，但终究可以忍耐。而作为蜜蜂本身，它这一刺的风情之后，会留下无法弥补的空缺，它很快就会凋谢。

这多多少少让被蜇的孩子感到安慰，像奶奶把清凉油抹在我被蜇的手指上，一个生命就这样短暂地传递到了我的身上，何况那一滴甜挑逗着我的神经。

灶马，另一个守护神

知道"蛛丝马迹"这个成语很多年了，但之前我一直所奇怪的是，蛛丝纤细，用来形容难以辨别的线索恰当，马是这样的庞然大物，要寻找它的踪迹不是会很明显吗？小时候偶尔见过马，比牛还要大的动物，怎么会找不到呢？

后来知道此马非彼马，它说的是灶马，有个复杂的学名叫突灶螽，因为它的背是弓形的，我们也叫它驼背蟋蟀，或者灶鳖鸡、牛污灶鸡。这马并不神骏，也不可能有四蹄腾空的英姿。它常出没于灶台与杂物堆的缝隙中，以剩菜、植物及小型昆虫为食，在李时珍的《本草纲目·虫三·灶马》有它的记载："灶马处处有之，穴灶而居。"

蟋蟀振翅而鸣，灶马没有翅羽，我们在暗夜里听到它的鸣叫，其实是它靠腿部摩擦所发出的声音，而所谓的马迹，就是它在幽暗角落里出没所留下的痕迹。这个痕迹是稀薄的，我们或许很难发现。

"蟑螂灶壁鸡，一对好夫妻。"从民谣中其实可以找到它的"蛛丝马迹"，它是和蟑螂罗列在一起的，我们是多讨厌蟑螂，这打不死的小强，但如果仔细去看蟑螂，其实也并不那么难看，甚至有些威风凛凛。我讨厌蟑螂是因为它不太容易弄死，生命过于顽强，而把它抛进柴火中焚烧是最简单和最彻底的方法，但蟑螂在焚烧时，它的蛋白质会挥发出一种让我难以忍受的气味，香到让你想呕吐的地步。

作为个体的人，会有很多奇奇怪怪的旁人很难理解的癖好，生理上的好恶也是，这是我成年以后才理解的。像我在嗅觉上，就有很多别人觉得奇怪的地方，别人觉得无所谓的，比如有很个别的人身上飘着鱼腥味，不是真正的鱼腥味，而是从身体里散发出来的，我会很难忍受。对气味的这种选择，让我想到"臭味相投"这个成语，这的确是存在的，虽然它并不理性。

回到灶马这种既无害又没有存在感的小动物身上，我是在灶头间（厨房）发现它的，但老宅已经多年不住人，它居然还厕身于其中。后来的某一天，在写这一段文字之前，我去一家酒厂参观，主人邀请去他们的酒窖看看。在幽深晦暗的隧道里，酒缸在两边逶迤排列着。酒缸上覆满了酒苔，拐过隧道一个转角时，灯光幽暗，一只灶马赫然挂于酒苔之上，想起在老宅所看到灶马的事，当时担心它食物来源的困惑似乎找到了答案：微小的生命自有它的生存之道，也许让我们觉得过于卑微，就像另外一种蟑螂的近亲蜣螂，也就是我们通常说的屎壳郎，以滚粪球而著名，但它们存在了许多年，比很多物种的存在都要久远。

大鱼大肉能够证明物质的丰富，或者是就食者不差钱，但粗茶淡饭同样也是一种姿态。

它吃什么？它生存的意义是什么？这些问题我无法和灶马对话，我此时看到的灶马，和我童年时所看到的，肯定不是同一只，就像我们在河边，河还是那条河，水还是水，但今日之水和昨日之水不同，而我们无法辨认。

灶马的身体是造物主的疏忽，它没有翅羽，是裸的，同时它还没有听觉，所以你说话再响对它都是没有影响的。但有时候我们走近了它会逃窜，所以我想它的触觉的感知力应该很强大，它没有听觉为什么还要努力发出声音，这是我的困惑之处。

灶马的弹跳力惊人，强大的后肢和蟋蟀相仿。

民间所说的灶神，是不是依据灶马的形象所绘我不得而知，各有各的说法，但小时候，看到蟑螂，奶奶是要用鞋垫去把它拍死的，而看到灶马时，她往往会阻止我想去拍打的冲动，等年长之后，我在唐代段成式的杂书《酉阳杂俎·虫篇》找到了答案："灶马，状如促织，稍大，脚长，好穴于灶侧。俗言灶有马，足食之兆。"

它微不足道，但从某种意义上来说，灶马是为经历过饥饿的人点亮了微茫的光：它让我们有一个美好的祝愿。有灶马的地方，是烟火的所在。尘埃在天窗漏下来的阳光中舞蹈，我想奶奶了。

虽然随着岁月的消磨，她的形象越来越淡薄，我的想念也如一缕烟，在若有若无中，渐渐飘散。

南瓜花和瓢虫

尽管已是秋季，早就过了季节，但在我们可以看见的角落里，有几朵南瓜花迎风摇曳。它们错过了时序，或者是因为这些年的温室效应，它们的生长发生了偏差。

南瓜是到处可以长的，它对土地不挑剔，而夏天的时候，南瓜绿豆汤曾经是我最喜欢的消暑佳品。

20世纪80年代的时候，爷爷还在世，他和奶奶过来杭州和我们一起住，在离家不远的荒芜着的土地上，有一次，他发现了大片无人种植的南瓜，南瓜的藤蔓就蔓延在荒草和砖石之中。那些年，到处都是动工的场地。爷爷务农多年，对农作物有着天然的敏感，在这些藤蔓和草叶之间，他发现了数十枚南瓜，很神奇，有的已经有高压锅那么大，有的比拳头大一点儿，还有刚刚结出果花瓣都没脱落的。

爷爷有期盼了，他每天都会去看，去照料，务农的人对土地和收获有着独特的情感。之后的某一天，他带着我，背了两麻袋的南瓜回家。那年夏天的南瓜绿豆汤在记忆里特别甘洌，而我，也好像再没有吃过那么糯和粉，有着天然甜味的南瓜了。

尽管是在农村长大，但我是到了城市以后，才知道南瓜对种植地的不挑剔，这是其中的一次。成年后出门旅游，有一次到一座荒村里转悠，见到过南瓜秧从水泥地的缝隙里钻出来，然后铺满整个房间的空地，已经结了拳头大的南瓜。

植物的生存之坚强让人瞠目结舌，就像在墙的缝隙里也会有绿色的盎然。

这些在秋日绽放的南瓜花，或许注定了不能敛结出果实来，但花在微风中的抖颤让人心动，而黄色的花瓣和蜷曲的藤蔓上，趴着数只色泽鲜艳的瓢虫。

这也是我小时候喜欢抓来玩的，喜欢的一个原因是它没有任何攻击性，而且非常容易抓，另外一个原因就是它的斑斓多变。瓢虫大抵就是黄豆大小，如果把金龟子也算进去，那就是大的有蚕豆大小。

瓢虫的形状比较卡通，主要是它的颜色，常常有红、黑或黄色斑点，如果按照背上斑点的个数，最常见的是七星瓢虫，也有二星瓢虫、四星瓢虫、六星瓢虫、双七瓢虫、九星瓢虫、十星瓢虫、十一星瓢虫、十二星瓢虫、十三星瓢虫、十四星瓢虫、二十八星瓢虫等，这里面有吃蚜虫的益虫，也有被称为花大姐的二十八星瓢虫这样的害虫，还有长相和金龟子相近，但手一抓，会让手指洋溢着令人作呕、一下又洗不掉的臭味的臭龟子。

说说那时候抓得最多的七星瓢虫，它是以捕食蚜虫与叶螨为食的，翅膀是红色的底纹，上面镶嵌着七个黑色的斑点，无论虫大点儿还是小点儿，这黑色斑点基本上是一样的，就像是克隆体。

抓瓢虫大人们是不会反对的，毕竟对孩子所喜爱的游戏来说，这是最为安全的，它不像钓鱼还要担心掉到河里，也不像玩火可能会引发隐患。对于人而言，哪怕是对人类幼崽而言，有着足够的能力去面对它。

我们最喜欢的是在火柴盒里装着它们，然后一群人围在一张桌子上，把它们放出来，在前面设定一条线，一根树枝或者别的东西，作为目标，然后让它们进行赛跑比赛。

我所不知道的是，即使是这样看起来无害而模样可爱的昆虫，也有它残忍的那一面：当食物不足时，它们的幼虫间会有同类互食的情形发生，和人类在末世之时的行为相一致。这当然是题外话了，也不过是它们延续基因的一种本能。

这南瓜秧沿着阳光向外铺开，仿佛是一头缓缓走动的绿色动物，它每天，甚至每时每刻都在生长，只是它的速度慢到让我们看不见。而此时，那只瓢虫张翅，薄薄而柔和的内翅在阳光下熠熠生辉：它突然就看不见了，像我此时对时间的回望。

草叶上的瓢虫

总能够引起迷惑，为它们的色彩
和迟缓的行动。保持住一个孩子的发现：
它是一个宇宙倾向于星期天的

悠闲。仿佛我的无所事事？
七天，在造物的秩序里，七个印记的
篝火，能够对应于七天的劳作？

它几乎不动，像是泪珠
卡住了一个绿色夏季的风之浩荡
它的工作，或维持住一缕气息？

它在想什么？鞠躬于一叶
阔大的枝叶，吮吸，还是闭目于鸟类的
啁啾，如果太近了得逃离这种压迫

这鸣叫是你们的天堂，却可能是
我的地狱。比如冬天能够延长它生命的周期
从漫长的睡眠中醒来在另一个季节

但显然不是眼前的这一只，也许是
它的后代：暴力在日常不动声色，
繁衍也是。它或许完成一个伟大的承诺

在我们所知道的一个月的长度里
乏善可陈的生平被躯体的痉挛所眩晕
力之循环？它对这世界注入一生

萤火虫的光芒

　　这是一种人们都喜欢的昆虫，因为它腹部小小的光源在夜色中宛如灯笼，它是浪漫的代名词，这名字就让人有参与感，只是它越来越少了，一方面是光污染日益严重，另外它的生长环境比较苛刻，需要纯净的水源。

　　在我年少的时候，在房前屋后，在河边沟畔，夜幕中见萤火虫灿烂飞舞，仿佛灯盏舞动，如果落到衣服上，或者在手掌上，会有流动的质感，而飘到夜色深处的时候，一不注意，也会把它当作是流星划过，何况它本身就有流萤的称呼。

　　"萤火虫，点灯笼，飞到东，飞到西，好像星星眨眼睛，好像盏盏小灯笼……"在这样耳熟能详的童谣里，大抵就是萤火虫的素描。和抓到螳螂一样，那时我也同样喜欢把萤火虫抓来后放置在蚊帐中，大概是喜欢那种闪烁的梦幻感，有着苍穹无限的意蕴。

　　那个时候，被鸡汤所灌输，囊萤映雪故事里的车胤和孙康两个书生很是让人钦佩。忘了故事是谁讲的，说古时候（东晋）有个书生（车胤）家里穷，没有点灯的油，所以在夏天的夜晚，书生就用练囊装了几十只萤火虫照着书本，夜以继日地读书；而另一个书生（孙康）在冬天的雪地上对着雪的反光读书……后来，他们都成了博学多才的人。

小时候这样的励志故事听了很多，当时觉得这两个书生好厉害啊，是不是可以仿效？但后来读小学高段时，有一次突然想到这个故事，觉得自己被骗了。

萤火虫的样子其实很朴素，普普通通的虫子，邻家小妹般的简单而干净。如果在白天遇见，甚至会有意无意去忽略：它不像瓢虫有着绚烂的色泽，也不像蜜蜂有着田野所散逸出的神秘香味。萤火虫不难看，但绝对没有让人惊诧的模样，它就是普普通通地混迹于昆虫之中，它的所有的光芒在于腹部的光源，而这，只有在黑暗中才能看见这自带的光芒，就像有些人的有些品德，多数时候是不会显山露水的，只有在特定的压力下才会凸显。黑暗是萤火虫的催生物，没有夜色，就没有萤火虫的空间。

"银烛秋光冷画屏，轻罗小扇扑流萤。天阶夜色凉如水，坐看牵牛织女星。"隔着无数的时空，唐代的诗人杜牧在《秋夕》中这样写过，秋夜如水，这种感受却是每个人都会体会到的。

在童年的看见中，这种光芒是神秘的，因无知而产生的深邃幻想，这就像在那个年龄的我，每当万籁俱寂，而碰巧偶尔有睡不着的时候，我会把夜色想成无边无垠的大河。我没有想到海，是因为当时我还没有见过海，海只是一个虚无之词，它跌入到我们的口中时，就变成一种具体而沉重之词，它像是一具躯体。

白天硬朗的光中，在一些草叶上，我们可以看到萤火虫，看起来有些柔弱，弱不禁风的那种，但事实上这些小虫有其独特的生活方式。比如萤火虫的幼虫，水栖的吃螺类、贝类和水中的小动物，而部分陆栖的萤火虫幼虫则以蜗牛、蛞蝓为食物，有些种类还会捕食蚯蚓和昆虫等小动物。

蜗牛、蛞蝓，哪怕是蚯蚓，从体形上来说，对萤火虫都是巨大的，这种反差让它的胜利非常传奇，这是值得讲给孩子听的。萤火虫有着天生捕猎的智慧：蜗牛的腹足会分泌一种黏液，它爬过的地方就会留下痕迹，而萤火虫幼虫利用自己的嗅觉可以发现蜗牛。在捕食过程中，萤火虫先爬上蜗牛的贝壳，用它的三对足将其紧紧抓住，尾足也牢牢吸附在蜗牛壳上，然后用它针状的上颚攻击蜗牛的触角并注入麻醉液，直至蜗牛失去知觉。紧接着它分泌消化液于蜗牛肉上，再用它的上颚夹肉，使消化液能充分地将肉分解成流状的肉糜，犹如我们享受那种蜜桃，用吸管吸入自己的肚子。

这种生存之道是不是很完美？如果去研究的话，也许需要非常复杂的演化进程才能诠释清楚。但有趣的是，当我去抓这些萤火虫成虫的时候，它们只是喝水或吃花粉和花蜜，完全是一派谪仙人的风采，和它幼虫时的行为大相径庭。在成长的过程中，它完成了看不见的蜕变，这不同于形体上的改变。

萤火虫最多的地方往往是在水沟或水塘的边缘，它出没在垂柳的绿丝之间，我伸手去捉的时候，像是要去捉住一个梦。有时，萤火虫会垂直掉落，落在草叶上，但它忘了，它美丽的灯盏暴露了它。等我们扑过去，一不小心，就会跌落到水中，然后，湿漉漉地爬起来，那点儿湿也并不当回事，我们的叫声也如灯盏点亮。

　　而更多的时候，是在夏秋之时，我们追随着那一闪一闪的光，用扇子或者轻纱做的网兜去捕捉它，把它们装入玻璃瓶中，像装入人生的记忆之空茫中。

燕子和蝙蝠

游走在老宅中时，如果抬头，在走廊的屋檐下，或者在房梁上，还能够看见若干空了的燕子窝。燕去巢空，到了明年，能否似曾相识燕归来也是未知数。有些梁上的燕子巢只有一个，有的好几个并排着。

小的时候，即使是最宠我的爷爷奶奶，也是不允许我去打扰燕子的，如果看到有些顽皮的孩子拿弹弓去打燕子窝，村子里总会有人去阻止，即使平时是那种胆子很小的。

对二月春风似剪刀我们或许只是感受，但如果是看春风中翩飞的燕子，在它流利飞翔的姿态中，尾巴犹如剪刀张开。燕子是春天的剪刀，这是我脑中回旋着的意象，剪出了盎然的绿意，也剪出了春天的锦绣。

我一直觉得，燕子得宠，一方面因为它是益鸟，在农业大国，人们是把粮食当作潜在的神明：民以食为天。燕子对于粮食的丰产所起的作用在很多年前可能非常重要，到了农药被广泛应用以后，燕子对于害虫的遏制作用可能并非那么大，但更重要的是，它是一种隐喻，一种在我们的传统文化里类似乡愁的意象。

村庄里的人对此所生发出的情愫是朴素的，他们并没有明白其间的道理，即使你和他们说，他们也是不明白的。在我童年所接受的教育里，有一种非常简单和粗暴的逻辑：如果你去吃了燕子肉（那个时候对于吃近乎有貔貅的胃口，能够吃的我们都会去尝试一下，哪怕当时人们认为是霉变了的灰茭白，我们都会去烤来吃，当然，多年以后才得知，这种病变的茭白是另外一种美食原料，也算是错有错着），你就会口眼生疮，头顶流脓，受到燕子神的谴责和诅咒。

事实上，我们也不会有去掏燕子窝的念头，它们基本上都在高处，要够着它们也不容易，但也有人烦燕子的叽叽喳喳，和它们在头顶盘旋时有可能拉的屎，他们会用长长的竹竿去捣毁燕子窝，这通常是要被人戳着脊梁骨骂的：他把自己的福运给赶跑了。

燕子到家里来筑巢，对于这一家人来说，就是一件吉祥的事。通常的说法，燕子只选择良善之家。

在无所事事的时候，抬头看大燕子喂食刚孵出的小燕子是一种很有趣的消遣。一窝燕子通常会有三到五只小燕子，燕子父母觅食的工作量并不小，而小燕子头碰头挤在一起等候喂食的场景极为温馨和热闹，小嘴巴嫩红嫩红的，张大到了夸张的宽度，等待着父母的投喂。

当小燕子大一点儿的时候，便常常会发生这样的场景：它们还不能飞，但小小的燕子窝已经不能束缚住它们狂野的心了，于是它们企图展翅：它们模仿着自己父母的姿态和轨迹，但往往会在这种勇敢的举动下滑翔到了地面。好在它们有先天飞翔的能力，懂得在空中保持平衡，我似乎没有看到过摔死的小燕子。

这个时候，我们往往会把跌落下来的小燕子用纸箱子盛着，就像是坠落到凡间的神灵，拿米饭和菜叶去喂它，我忘了它会不会吃，也许饿了总会啄食几口的。

燕子父母返巢的时候，看不到小燕子估计内心是茫然的，如果它们有思维。好在一窝燕子通常有好几只小燕子，它们又不认数。等到有大人回家，他们便会架上梯子，把小燕子放回到燕子窝里：那个时候，这个窝变得完整了。

但也有不幸的时候，如果小燕子掉下来时没人看见，常常会有猫把它抓来吃了，或者就把它咬死丢弃在一边。动物与动物之间这种关系，我们没有办法解决，大人们也不能，他们也只能骂一句，这猫妖！我们养鸡养鸭，我们也吃鸡吃鸭，这个道理是一致的。

人的爱憎其实是没有道理的，受制于我们的审美和观念，同样有益于人类，以吃蚊子等为生的蝙蝠，却是被农村孩子厌恶的对象，尤其是在夜幕即将降临之时，蝙蝠在村庄上空盘旋，它的行踪诡异，不按照套路出牌，那个时候，我们还没有看到蝙蝠侠这样的电影，感觉它就是会飞的老鼠，邪恶的一种生物，因为它潜伏在夜里。

但好在蝙蝠足够丑陋，让我们对它并没有兴趣，至今想来，我看到铺天盖地的蝙蝠群，但好像没有见过蝙蝠的窝，我看到蝙蝠静止的时候，多半它是倒挂在房梁或者电线上。

美和丑会带来如此截然不同的待遇。

燕子空空的巢穴在秋风中有些破败，明年，它们也许会回来，也许就不再回来了。

麻雀的喧闹如一树繁花

我们不会去掏燕子窝，但那时候掏麻雀窝却是经常的事。麻雀是一种被人看低的鸟，因为它太普通了，在乡村里到处都是，甚至于它的鸣叫在如今的城市还时常可闻。人的心目中，它是如此丑陋和市侩，"燕雀安知鸿鹄之志"，对小小麻雀的不屑和鄙视由此可见。

麻雀飞翔的姿态也不优美，人们渴望飞翔却没人会羡慕麻雀，它最大的用处是作为目标被猎枪窥视。后来读书时，课本上有一堂关于麻雀母亲的散文，悲壮的抒情，十分惨烈，似乎是巴金这等大手笔的拳脚，阅读之余，内心一直很难把那团母性的火焰和麻雀联结起来，这感觉直到现在还没有改变，我们总是先入为主。

我们说燕子是益鸟，它的形象是讨人喜欢的，在我们当时有限能看到的电影和连环画中，燕尾服就是一道打开视野的光：还有这样的服饰？这样看起来彬彬有礼充满着异乡情调，燕尾服是远方带给我们的小小风暴。

人对于远方的向往大抵都是这样在一点一滴中慢慢积累起来的，因为好奇，这羽衣也能够展现在庄重的场合？但麻雀不一样，它只是生活在我们的居住地，却又不亲近人，甚至脾气是暴躁的，如果把它抓来关在笼子里，基本上在一两天后会撞击面板而死，羽毛脱落一地。关键它的样子也不起眼，黄褐色拳头一样一团，那个时候，乡村里多的是弹弓，用鹿角般张开的树枝丫和牛皮筋组合而成，那些玩得好的，随手一弹，就能把栖息在树枝、电线、房顶的麻雀击下来，好像他们有着神弹子的功夫。

麻雀虽然小，但对于匮乏年代的少年而言，它是一种美食。不光麻雀如此，麻雀蛋也是，掏麻雀蛋是我们都喜欢的事，一般是大一点儿的孩子主导，他们或者搭梯子到屋檐下，或者翻墙踩在瓦片之上，而我们是跟屁虫，等有了成果时，能够拿到数枚麻雀蛋。麻雀蛋很迷你，像我们爱玩的玻璃弹珠那么大，但蚊子虽小也是肉，"麻雀虽小，五脏俱全"，说的就是这个道理。

在成人看来，麻雀是懒惰的，它的巢多半就在屋檐，或者墙洞里，或者就是稻草堆里，偶尔也会发现它鸠占鹊巢，把燕子窝挪为己用。不过这燕子窝多半是废弃的，反正我没有见过燕子和麻雀为窝所打架的。

树洞也是麻雀喜欢筑巢的地方，会爬树的孩子便常常去掏这样的窝，有一次还掏出过一条蛇，那种无毒的蛇，肚子鼓鼓囊囊的，显然吞下了麻雀蛋。

麻雀是群居的鸟，喜欢成群结队，可能也飞不远，它的翅膀短而圆，这决定了它不可能像鹰一样展翅高飞。但鹰会俯冲下来，把麻雀带到九霄之上，麻雀成为它体力的补充。

当众多的麻雀落在一株树上的时候，鸣声喧噪，有时候会给人一树繁花的错觉，不是它们麇集的身影，而是那种喧哗，像是花开的声音。这种错觉小时候就有，非常奇怪。此刻在屋后的树上，就有数只麻雀，它们并不安静，而是在树枝上碎步跳跃，童年时候的一道阴影突然抓住了我：

那时，我任性、乖戾和馋嘴。有一年秋收，我和奶奶守着晾晒的谷物驱鸟，童年的麻雀可真多，叽叽喳喳，在记忆里铺天盖地。在一次次的驱逐中，我逐渐喜欢上这种鸟，企望能占有它。夕阳西下，风中的麻雀异常伶俐动人。我缠着奶奶要会飞的鸟，奶奶是禁不住任性的我的缠的，终于央人捉了两只。但就如前面所说的，麻雀性子急躁，素难驯养，又许是它命贱，承受不起我优厚的招待，一前一后相继倒毙。我不想听任何解释，只是哭着要麻雀。

时值二伯翻修房屋，掏出一窠五只的没毛小鸟，和刚孵出的鸡雏差不离，只是更小号些，大概就是汤勺的勺那么大。二伯随手给了眼巴巴期盼着的我，他觉得我也不可能把它们养活的。

用棉絮铺个窝，我驯养起它们来。好奇心诱使我对小鸟关怀备至，用小汤勺舀着米粥去喂，小人儿小动物大抵容易适应环境，小鸟一见到人，由害怕到伸长脖子嫩嫩地叫唤，也是张大了嘴巴仿佛巢中的小燕子。它们渐渐抽出毛，渐渐丰满长大，但它们习惯了蛰居，并不飞走。环境使它们有了很强的依赖性。

有一天，也许是玩腻了，也许是突然想到鸟肉的鲜美，记忆里的那个下午鲜艳地飘动，让长大后的我对自己天性里的恶作剧的念头深深畏惧着。我兴高采烈地抓住一只只信任我的小鸟，学着故事里听来的酷刑，一只只砍去它们的翅和脚，在圆桌上，它们挣扎、尖叫……

虐待的快感控制着我，或许我的天性并不善良，人很难去界定一种行为的合理性，有时候就是一时的冲动，我那个时候也许就是。在我当时唯一一次出远门的经历里，同样让我多年后深感羞愧和歉疚的行为也发生过，那是去运河边的塘栖大伯父家（奶奶的侄儿），大伯是那里水上派出所的所长，在我心目中很是威武。家里的水缸里养着一缸金鱼，五颜六色的，很是斑斓，我把它们一条一条捞到了水缸之外：很难理解当年孩子时的念头，一种潜在的暴力。

看着桌上死去的麻雀，奶奶叹气，喃喃祈祷："菩萨保佑，菩萨保佑。"这个溺爱孙子的老人那时茫然的神色，突然就这样闪现在多年以后我的记忆里。黑暗之门打开，但它又被纠正，所以很快就关上了，却又不那么密封，总是留下一些缝隙，吹来风和尘，吹来雨水和干旱……在这种打开和关闭之间，我慢慢形成了自己，像是鸟在树枝间筑的巢，每一个巢都是不同的，在善和恶之间，我找到了平衡。

故乡的麻雀纷纷扬扬，铺天盖地，成为我对童年最好的回望。远远的地上，有几只雀鸟正在啄食，对人的到来它们十分警觉，一片惶然地惊飞。但过了一会儿，它们又聚拢来啄食。

蝉从身体内部打开了自己

　　洋溪河边的堤原来是一条土路，高出河道和里面的村庄。土路的两边种满了树，靠河的一侧当年以柳树、构树等为主，大多是没有开发价值的杂树，好像还有几株柿子树，但靠村庄这一侧，多的是香樟等树。

　　夏日到来时，这条路浓荫铺散，是吹风乘凉唠嗑的好去处，也有人拿着席子躺在路上睡觉，因为不会有自行车啥的经过。

　　现在靠河的这一边已经硬化，用方石铺就后用来护堤。老家这边发大水的日子在记忆中不多，但也有。奶奶后来在老宅独居，就在 2000 年的秋季，她的重孙子，我儿子出生两个月的时候，连绵的雨水把整个村庄都淹了。我和父亲急忙赶回，水正在逐渐退去，到处都是泥泞和水洼。奶奶看到了她重孙子满月的照片，把脸上的皱纹笑成了花。

　　但这样水淹村庄的情形应该很少，这条土堤的高度，想必是很多年来经验所致。我现在重新走在这条土路上，那么多年过去，说不改变是不可能的，包括路面、河埠头等，但终究还保持着当年的那种面貌，河对岸也依然是农田，这让视野显得开阔。

夏日的午后，当时最喜欢的就是在这条路上乘凉，和奶奶各自拿一张靠背竹椅，一把蒲扇，光阴的虚度在那个时候是真实的。蝉声似乎无边无际，它们像是从炎热里长出来，没完没了地提醒你时光的漫长。

秋天，树叶和茅草开始焦黄，但没有完全脱落，还有些秋蝉（知了）在树上聒噪，而土路上有一些小小的土洞，瞬间让我回到了当年：那个黑瘦而顽皮的孩子，和他所沉浸的游戏。

这些土洞是蝉的出生地，拇指大小的洞口，像是深不见底。在我童年的时候，我常常觉得沿着这个洞可以挖到地球的另一边去，其实不深，如果用工具挖掘，最多也就筷子那么长的深度。

我们知道抓知了有很多的方式，用得最多的就是一根竹竿，在顶端拉一个圆框，套上一个塑料袋，然后举到知了的身后，一套，知了就进了塑料袋；还有就是把面粉搅拌调匀，粘在竹竿上，然后去粘知了，此种方法需要一定的技巧；而如果徒手去抓知了，基本上不会成功，除了那种刚刚蜕壳而出，身上还有些湿漉漉的，它蜕下的壳一般都还悬挂在树枝上，就在发现蝉的不远处……

知了吸食植物，在昆虫中属于体形较大，像针一样的嘴可以刺入树体，吸食树液，而它的喧闹仿佛夏季的冠冕。我们抓来知了，除了可以烤了吃它背部的两块精肉之外（那精肉在烘烤后芳香四溢，十分鲜美），主要是挠雄知了腹部的两块响板，就像挠痒痒一样，你一动手，它便会竭尽全力地歌唱，好像是得了痒痒病。

长大后查阅资料知道，它身体两侧有非常大的环形发声的器官，身体的中部是可以内外开合的圆盘。圆盘开合的速度很快，抖动的蝉鸣就是由此发出的。而我们的挠动便是让圆盘开合，这声音单调而固执，在音与音之间缺乏变化，听久了会让人烦躁。就是这样烦躁的声音，我们有着把它制造出来的乐趣。

轻手轻脚走到某一个人的背后，他在做事，没发现你的靠近，然后一给雄知了挠痒痒，那蝉鸣会瞬间让人一惊。

我那时没有学会抓知了的技能，这个可能是天生的，动手能力极差，但独辟蹊径，也许是无师自通，也许是在某个成人的点拨下，现在已经记不得了。此刻，这条堤上绽开着的洞穴，仿佛凝视的眼睛，能够望见四十多年前的那个孩子：用树枝或者铁棍撬开泥土，或者把棍子伸进去，又小心翼翼提出来，便能得到尚未蜕壳的知了幼虫，也就是蝉蛹，它会抓紧了树枝，而后就这样拉出了地面，但不是每次都能成功，有时候它会退缩，那就需要更多的耐心了。

这个时候，它们潜伏在地下已有两到三年了。而我的技艺在这种追猎中越来越娴熟，甚至能够从平整的地面判断洞穴的可能性。

抓来的知了幼虫用来干吗呢？养着，用鞋盒把它们装起来，在鞋盒里置放些树枝等物，供它们吮吸。

有时候也玩，让它们在桌面上比赛爬行，但昆虫并不能驯养，无非是本能的爬动，于孩子而言，这是一种玩乐。

这些蝉蛹，其实也就能养上几天，或者就是一两天，当路面上它挖开洞口的时候，已经是到了蜕变之际，它不是毛毛虫化蝶，而是蜕壳。

它漫长的黑暗生涯里的故事，在法布尔的《昆虫记》中有着详细的记载：它吸食树木根部的液体，用来维持生命。

它能够感受到寂寞和时光的枯燥吗？或许这并不重要。它用前爪把土挖开，这下光明照射进来，缓慢的生长让它储存了足够的能量，它蹒跚着，攀缘着，一般会选择在晚上，尤其在夏日的暴雨之后，树枝上便能够寻觅到它们的踪迹。

蝉蛹蜕壳需要潮湿，需要水，这是一件非常费力的事情。

如果说那个年龄对很多事情都会漫不经心，但对看蝉蛹蜕壳绝对有那个年龄段罕见的耐心：在昏黄的灯光下，它们会像在自然中一样，爬到一个高处。当蛹背上裂开一条黑色的罅隙时，蜕变开始，如花般地绽放，这个过程漫长而奇异。蝉像是把自己解放了出来，从给予它多年保护的盔甲中脱离开来，一种告别，很像是后来看科幻电影时的镜头。

当蝉的上半身到了空气中后，也许是感觉到了风的战栗，我们甚至能够感到它的抖动。蝉倒置着，使自己柔软的双翼展开，对于这双翼而言，这是新生，之前一直就束缚在铠甲之中。

我对于生命个体的敬畏是从这时开始的，这种观察让我知道某种隐秘而艰难的事物，像是得到了一种神秘的指示。但有些蝉是残废的，双翼会粘连在一起，根本无法展翅，这让我觉得沮丧，好在这样的情况并不多见。

蝉壳能够入药，当时的药房会收，我们便在树丛中寻找，多了就可以换糖吃。壳还趴在树上，但轻飘飘的，似乎是一个梦已经逃逸出去。刚刚蜕壳的知了是荏弱的，等着风慢慢把它的双翼吹硬，肤色吹成深色，然后它就可以展翅飞了。那个时候，如果要抓知了，还有一个办法就是一早去村子前后的树林中巡游，那些刚刚蜕壳的知了，你随便一扒拉，就掌握在手掌中了。

我见过螳螂拖着知了啃食的场景，也见过雀鸟叼着螳螂飞的场景，但"螳螂捕蝉，黄雀在后"的大场面没有见过。在村庄里玩耍的时候，觉得这一切相互间的攻击都是正常的，就像夏日里，蝉鸣就是盛夏的帽子。

木楼梯和瓦松

　　木楼梯已有些颓圮。房子是有灵魂的，有人住着的时候不容易腐朽，一旦人去楼空，就仿佛抽走了精神气，有着垂垂老去的那种态势。

　　这么说有些神秘主义的倾向，其实很好理解，房子有人住的时候，我们时不时会维修，而人离开以后，房子没有人照顾，有些破损就会扩大，就一往无前地破败下去了。但人的心理会响应于世事的神秘，解释得过于明白就失去了乐趣，那么，多多少少便会暗示：许多年来，我都对事物保持着好奇，但我不能去逾越某种界限，一旦越过，便会变得虚无。

　　此刻我踩在木楼梯上，多少有些小心翼翼，怕一脚踩空了。踩的时候，会腾起一些灰尘，而木头会发出那种因为久远而空旷的撞击声，像是它们生长的时候，鸟栖息在树上啁啾所留下的余韵。

　　楼上有一前一后两个房间，楼梯上去的房间相当于客厅，谈不上宽敞，大约十平方米。我大一点儿的时候，这里搭了一张床，我是睡在这个房间的。楼梯口左手是一个木拱窗，因为朝东，每天的太阳最早是从这里照入房间的。很多时候，我醒来，从床上望见那束阳光，像是舞台上的光聚下来，有无数微小的生灵在舞蹈。只有在光的照耀下，这些细小之物才纤毫毕现。

而南面，对着楼梯的是一扇大窗，推开窗的话，对着的是祠堂的高墙，越过高墙，是苍穹，有时蔚蓝，有时潮湿，有时就是浮云。沿着窗的，是一米多长的瓦片覆盖的屋檐，这个也是江南民居的特色，因为多雨的气候，为了日常行走的方便，会有屋檐延伸出去挡雨。

那一天，我有着片刻的出神，童年时的笑声和喧闹犹如潮水暗涌：那个时候，有几年突然得了急性肾炎，我变得敏感易怒，但在这东厢房的蜗居里，却得到了无穷无尽的乐趣，支撑起我对于世界最初的眺望：生活是一种发现，而文字同样是一种发现。

"……我甚至可以认出／墙角的苔藓。如果半开着的窗棂，让吹入的风／显得大一点儿，苔藓的花，在风中绽开或者凋谢。"

我信手写下的这几句诗的感受是真实的，许多年后，当回想起这些细节时，犹如春风摇荡。"白日不到处，青春恰自来。苔花如米小，也学牡丹开。"清代诗人袁枚的这首《苔》前两年突然走红，大概是激起了人们的共鸣，一些琐碎和卑微的事物里，往往蕴蓄着强大的力量。

走上楼梯右转后，是通往主卧的门，其实也不大，十五平方米的样子，和客厅一样，有朝南的窗，屋顶还有方格的天窗。

推开窗，在日积月累中，瓦片上积满了灰尘，在那些缝隙里成为尘垢，这些薄薄的灰烬却是瓦松的厚土。即使那么多年没有人住，那么多年无人打理，依附在瓦片之上的生灵却孤寂地在时间中舞蹈，在秋日，基本已经枯黄。

瓦松有点儿像是多肉，但自然界长出的植物，没有人工雕琢出的那种娉婷和美艳。瓦松虽然孱弱，却存在了许多年，时光如河的话，它就是一苇渡江的那支苇，简简单单，却度过了大片大片的时光，哪怕就是虚度。

一直以来，对于瓦松，人们的情感是复杂的。

"华省秘仙踪，高堂露瓦松。叶因春后长，花为雨来浓。影混鸳鸯色，光含翡翠容。天然斯所寄，地势太无从。接栋临双阙，连甍近九重。宁知深涧底，霜雪岁兼封。"这是唐代诗人李晔咏瓦松诗《尚书都堂瓦松》，似乎瓦松是居于庙堂之高的显贵。但另一个诗人郑谷在诗《菊》中却说："王孙莫把比蓬蒿，九日枝枝近鬓毛。露湿秋香满池岸，由来不羡瓦松高。"诗中对"高不及尺，下才如寸"的瓦松表示出轻慢，他瞧不上这卑微之物。

这些当然都是旁人的视角，我们每个人，看事物总归是站在自己的立场上，用自己的理解和见识去斟酌事物的轻重，瓦松哪里会理会这些，它自管自在那里发芽、抽枝、繁衍，一岁一枯荣。

它没有想到的是，它的这种生长带给我当时更多的想象，因为有瓦松入眼，从窗口看出去，会把瓦片上的瓦松和苔藓想象成茂密的森林，而瓢虫、蝴蝶、豆娘等也会翩然出现在瓦松之间，它们就是骑士，是小人儿国的骏马和魔鬼，是故事的起源，属于这个世界的居民是勤勤恳恳的蚂蚁。

偶尔，在瓦松之间，也会有蘑菇钻出来，麻雀会在瓦片上跳跃，捡食一些果腹之物，而大雨滂沱之时，雨打在瓦片上，漫延成自然的音符，雨会打歪一些不太强壮的瓦松，好像森林里轰然倒下的大树。

夏日，雷鸣和闪电之际，风摇动着瓦松，我那时刚比窗口高出一点儿，从这个视角看过去，瓦松突兀而狰狞，仿佛活了过来一样。

在窗口站了会儿，看不到多远，村子里安静，安静得一点儿声音都会远远传递到耳朵里。木结构的房子隔音并不好，我躺在床上，楼下奶奶他们聊天的声音，隔壁打骂小孩的声音，会像渐渐浓起来的夜色一样漫过来，我让自己沉浸在这种声音里，眼皮越来越重、越来越重，终于重到支撑不住，我沉入了梦乡。

旋转的鸡蛋

因为光线黯淡，这景物更显陈旧。在这旧居里穿梭，我渐渐像是一个陌生人，渐渐像是蝉蜕，剔透而空洞，充满了好奇和发现的快乐：一只蜘蛛，或者一张已经破损了的蛛网，一只壁虎，或者被风干成木乃伊的蛾子，一些碗碟的碎片，或者是已经辨认不出颜色的年画……好像是熟悉的，又似乎是在视线之外的另一个世界。

像我所喜爱的诗人布罗茨基在归乡时所感慨的，当你长大，曾经高大的房屋变得低矮。

曾经，这里有一张桌子，一张小圆桌，是我们吃饭的场所。在物资匮乏的年代，我和妹妹的营养却是得到保证的，这原因有很多，但主要是因为爱。我和妹妹从小是爷爷奶奶带大的，爸爸远在省城，妈妈作为知识青年下放后，尽管那些年一直在农村，但她的裁缝手艺在那些年派上了用场，一年到头她都被请去别人家里做衣服。有些人家里是没有缝纫机的，那么会叫上年轻力壮的汉子预先把缝纫机挑过去，等做完衣服后再抬回来。

那个时候，暮色落到村庄最高的屋顶上时，我常常坐在低矮的门槛上，看着村口的方向守候。多数时候，妈妈就会踩着渐渐黑下去的天色回来，她的口袋里也许会变戏法一样地掏出糖果，或者年糕胖啥的。那都是主家讨她欢喜，希望能把活儿干得更利索点儿。其实，按照妈妈认真的性格，这个还真无所谓，但当时的人大抵有着纯朴之心。这些零食，妈妈舍不得吃，大都带了回来给我们解馋。

路上总有人走过，看到我的身影，总会跟我开几句玩笑，逗我，比如说你妈妈今天要赶生活，不回来了，等等。那个时候，我多么容易哭啊。他们这么一说，我会低头啜泣起来，但我掉眼泪很容易，止住眼泪破涕为笑也很容易：如果这时，妈妈出现在我的面前。

妈妈的手艺在方圆数里的乡村很是知名，当时还带过许多徒弟，就是来跟她学一门谋生手艺的，那些徒弟，我基本没啥印象了，来来去去，都是每天吹过我们的风。风来了，风又走了，但哪一缕风能够让人捉着了呢？

当时烧饭用的是土灶，也就是要烧柴火的，灶头一般有两个，在两个灶头中间，还会有一个小的壁炉一样的存在，那个是晚上熬粥的。粥盆蛋剥开时的那种馨香仿佛萦绕在鼻端。

很多年，这种香味在渐渐消散，在渐渐淡薄，这多半是后来吃的东西多了，但也可能很多食物失去了它们的魂。

鸡蛋是自己养的鸡下的，一家一般养上七八只，不是不想多养，是照顾不过来，饲料也不够。咕咕咕，咕咕咕，能够下蛋的鸡，尤其是每天都能下蛋的鸡在喂食时会得到优待，但鸡蛋可以拿去集市换油盐酱醋，通常人家并不舍得吃，都会攒起来。奶奶疼我们，我们是有得鸡蛋吃的。

奶奶对我的疼爱是村子里有名的，老一辈人在的时候说起，大冬天的，奶奶抱着我，我溺了，奶奶却一动不动等我尿完。旁边有人看到了，提醒她，奶奶说，不能动的，小孩子受到惊吓，尿头断了，以后要留下"西急病"，也就是尿频症。

妹妹小我三岁，在我四五岁之前，每天早上的一个鸡蛋是归我独享的，到了妹妹会走路会说话的时候，一个鸡蛋便要两个人分了。偶尔，吃蛋黄流油的咸鸭蛋也是如此。

奶奶会把鸡蛋一剖为二，让我们选择，我和妹妹不会为此吵架，我们会认认真真眯眼比较，会用手掂分量，看哪半边大哪半边小。这个时候，很能看出我们的性格了，我会把大的让给妹妹，而她小，也当仁不让。

两半鸡蛋分给我们以后，我是不要多少时间就吃了下去，而妹妹舍不得吃，常常在我吃完后她的还没有动过，这个时候，她会把自己的那一半再让奶奶切一小块分给我。

孩子时，鸡蛋也能玩出花样来，在一些特殊的时候，每个人拥有一个鸡蛋之时，我们会在桌上把鸡蛋旋转起来，让它们相互碰撞在一起，而壳薄的那一个，往往就被撞得开裂了。鸡蛋在桌上旋转，我们在边上大呼小叫。

钓鱼好像很简单

洋溪河便到了我的眼前，那个时候我眼中和心里的浩荡大河，像是一个神奇的口袋，可以掏出种种宝藏。我喜欢在它的埠头钓鱼，那个时候的钓鱼好像很简单，就把缝纫针弯成钩，用丝线穿好，找根竹竿当鱼竿就可以了。

鱼饵也是就地取材，挖蚯蚓，找个潮湿背阴的地方，最好是有些腐烂物的，随便一掘，就能够找到蚯蚓了。老家的蚯蚓，多数是那种细小和红色的，不会过于粗壮，那种青色的蚯蚓泥腥气很重，很少有鱼会上钩。

把蚯蚓对扯成两段，挂在鱼钩上，就能够垂钓了。蚯蚓的再生能力很强，有时候，在有些蚯蚓的身上，会发现像指环形状的凸起，颜色和蚯蚓本来的肤色有所不同，这便是再生的身体。

我们所谓的钓鱼，当然是小孩子的把戏，能够钓上来的也就是猫鱼，在那个时候没有人要吃的细长刺多的仓条儿，或者就是鳑鲏、埠鱼等杂鱼，钓了回家也就是给黑猫佐餐，但钓鱼的快乐是难以言喻的：丝线一紧，把它挥舞起来，那鱼身便在阳光下扭动着，鳞片的光闪烁，像是刀锋的凌厉。

这当然只是出于我的想象。在记忆中我们很容易混淆真与假，现实与虚幻，我是一个热爱吃鱼的人，但可能就是从那个时候开始，在吃鱼的同时我觉得鱼是无辜的，尤其是看到它们不会眨动的眼睛时。

钓起来的河虾倒是很大只的，后来就不太看得到了，如果能够有个五六只虾上钩，把它们带回家，让奶奶打一个鸡蛋，放在饭锅里蒸，会鲜到自己咬自己的舌头。这个在前面也写到过，可见这河虾让我记忆是如此深刻。

钓鱼的时候，最高兴是边上有大人同样在钓鱼，他们的钓竿就要雄壮和复杂许多，有轮盘（甚至有两个直至五个轮盘）盘着一圈圈的丝线，远远地甩出，一条线划过优美的弧线，那鱼饵像是一枚子弹滑入水面：一波波荡漾着的涟漪，但看起来很克制。而大人用耐心和技巧，在这条河里收获的是鲢鱼、草鱼和鲫鱼，有的时候，他们还能够钓到鳗鱼，但在我的童年时，人们并不喜欢河鳗，主要是嫌弃它时常寄生于溺水的动物腹中，比如死猪死牛，传说中也会钻入溺水之人的腹中，据说这样的河鳗特别肥大。

同样让人嫌弃的还有后来很受宠的汪刺鱼，因为有硬骨扎手，甚至会刺出血来，而生物的刺，会让皮肤产生疼痛和烧灼感。汪刺鱼让人嫌弃，还有一个原因是在钓起的汪刺鱼中，总会有几条生着皮肤病的，看起来有着病态的斑斓。

我说洋溪河像是一个口袋，更多的它就像是一个仓库，有着取之不尽的宝藏，哪怕是我前面提到过的大旱之年，整条河剩下了一条细细的还在努力蜿蜒的水沟，我们踏步在河床上，在那些淤泥中，还能够翻出河蚌来。

沿着河底可以走向远处，也可以走到以前要走很久才能走到的对岸，水沟里的鱼，是后来我对涸辙之鲋的直观反映，而当时每发现一条鱼，都会有狩猎的愉悦。好在江南的河通常不会干涸，它总是像天空的镜子，倒映着飞鸟、渔火和我们模糊的影子。

而我最初对这条河的认识，是从河埠头淘米的笊篱开始的，跟随奶奶到河埠头淘米，当淘米所泛出的水吸引着一些小鱼前来啄食，如果能够屏住气，把笊篱沉在水下，又猛然提上来，往往会有小鱼被俘获。在笊篱里，它们蹦跶着，但除非回到水里，要不很快就会奄奄一息。

大概每一个孩子天性都喜欢钓鱼，都会爱上钓鱼，但这个爱好，成年后还能够保持的却不多。因为钓鱼而名垂青史的，就是我遥远的乡党严子陵，他钓的是另外一条鱼。

第二辑

回忆：门槛和风

我知道有一些记忆在时间的飘忽中已经扭曲：它们在自己进化，在我一遍遍的暗示中得到修正，尽管还依附在本来的轮廓中。就像本来的院子是闭合的大宅，但现在变成了有许多条路可以抵达的建筑：它的轮廓还在。正如我们说到乡村的时候，总归是有一个疯子，一个傻子，一个二愣子，以及一些长舌妇等，这些符号是一座村庄的标配，而我们每一个人把它沉淀下来，让它变成自己想要的模样，我们想回去的村庄。许许多多的故事在村庄里流传着，有些我参与其间，有些只是道听途说，但此刻，站在这颓败的房屋中，我愿意变身为一个说书人，把我能想起来的讲述出来：它们修复了我。

或许他看到了杜鹃声里的幻象

在我随着父母离开故乡之后，爷爷奶奶还是住在这里。在后来二十年左右的时间里，偶尔他们也到城市和我们一起住，但都住不长，总想着回到自己的老房子里去。这就像是一种隐藏在身体里的本能，也让我想到每一年春天回乡归巢的燕子，嗬，如果在新的一年里，稻田里的水稻开始抽穗，而房梁上的燕子巢还空荡荡的，心里是会惆怅的，像是熟悉的人的离开。

爷爷奶奶最后回到这里近八十岁了。故事并不美妙，它发生得有些残酷，煎带鱼时，沸腾的油溅出来，爆到了奶奶的皮肤上。这本来是烧菜时经常有的事，奶奶在这一生中不知道遭遇过多少次，日常生活中寻常小事罢了，用冷水冲一下，缓解了疼痛，如果还不行，抹上点儿酱油或者牙膏，最多也就是好了以后有道印痕，会过上许多天才能退去，但偏偏这一次变得十分严重：败血症。

发烧、昏迷，而奶奶的年龄，注定了她有高血压等很多基础病，这一倒下便有大限将至的感觉。我后来在生活中遇到过许多这样的事，本来很平常，但突然就变成了一个事件。

在医院里把奶奶抢救了过来，但医生判断是凶多吉少，年龄等原因。当时老家这边火葬还没有普及，而爷爷奶奶早已修好了墓地，在他们的认知上，希望自己土葬，老一辈人入土为安的观念根深蒂固。于是，他们就想着要回家，当时从杭州到余姚的高速公路已经开通，但叫车把躺卧着的奶奶运回故乡并不容易，数月后，一个当驾驶员的亲戚出马，把奶奶和陪同的爷爷送回老宅。

我难受了好几天，又无可奈何。

但说来也奇怪，也许故土就是养人的，回到乡下以后，奶奶的气色一天天好了起来。半年后，可以摸索着爬起来走动了。而他们回到乡下的这些年，也是我八岁离开老家后回去最频繁的年份，暑假回去，寒假回去，五一节、国庆节，甚至元旦啥的，只要是放假时间，都会回去。

那些年，奶奶显而易见地老了，爱唠叨，时间在她絮絮的言语中悄悄流逝。陪她回乡的爷爷，过了数年不到九十岁就走了，我们总以为奶奶会走在爷爷前面，但奶奶像一棵病恹恹却生命力延续着的树。有时，前尘往事随意在她静守着的孤独生活里出入，她静静地坐在故居老宅的大门口，如同静静地坐在八十多年的长廊尽头。路过的人和她打个招呼，她回应一下，记忆力是清晰的，这是某某某的孙子或孙女，他（她）妈妈或爸爸当年还是奶奶接到这个世界上来的。

在奶奶陈年琐事的光阴里，许多我所陌生的人物穿行着，另一个平行世界里，他们有欢笑，有痛苦，仿佛就浮现在奶奶的眼前，触手可及。同样，奶奶也活在别的老人的记忆里，我有时候听他们讲述，好像是在听另一段人生：那时候，她可真年轻，才十六岁。他们结婚了，像小孩子过家家，孩子气十足地吵嘴、斗气。

老人们边笑边说，细碎的时光在他们回溯的凝视里滑落，那时候他们吵架了，你爷爷抢着你奶奶的绣花鞋就跑，又偷偷把绣花鞋扔到了马桶里，气得你奶奶直哭。老人们边说边笑，他们该是有着那一季的妩媚。

岁月像镰刀大片大片收割着生活，许多生活在暗中在熟稔的心灵里摇曳。这些说话的老人，现在早已凋零，于我而言，这些人就像庞德的诗句，"人群中这些脸庞的隐现／湿漉漉、黑黢黢的树枝上的花瓣"。

我把这些听来的故事说给奶奶听，她看不到自己红晕的脸颊微有些老年人的羞涩。有时候会久久沉默着，又长吁一口气，在她老年的生活里，她似乎又看到那个先她而逝、矮小倔强的老头儿。我想自己不该说这些的，记忆是一头让人忧伤的兽。

奶奶会想起些什么，在他们美丽的岁月？他们记住的是他们年轻时的灿烂：后门不远处一间低矮的茅屋里，住着个老头儿，一个痴痴癫癫的老头儿。他看人时目光直直的，像是探询，像是疑问。他不爱说话，常常一个人沿着河道漫步。在晚上，黑暗沉浸的乡村里，时常回荡着他撕心裂肺的号叫。

从小到大，尽管他从不骚扰我，但我还是有些怕他，而大人们注视他的目光中，既怜悯，又有些尊敬。

有一年回去，这间茅房塌了一半，明显没有人住了，说是这老人死了。我向奶奶问起他，奶奶说，他淹死了。我问，掉河里了？奶奶说，在夜色里追逐一只杜鹃，跌入水沟死的，水沟很浅，但他就是淹死了。

他为什么要追赶杜鹃呢？我问。

年轻时，他们夫妻俩恩爱逾常，后来他妻子病了，他万分焦急，到处求医。他的诚心没有感动上苍，他心爱的妻子终于要走了。他守在妻子的床头，攥着妻子的手。杜鹃在门外的树枝上叫，他的妻子走了，也把他的魂带走了。

出殡的日子，人们在他的脸上看不到泪，他看上去很平静。

后来只要听到杜鹃声声，他就以为妻子回来了。奶奶的叙述在模糊的时间里勾勒了一个美丽缠绵的爱情故事。奶奶说，人们发现溺水的他时，他的脸色出奇地安详，微有些笑意。

或许他看到了杜鹃声里的幻象。

这样的故事在村庄里流传着，许许多多的故事，有些我参与其间，有些只是道听途说，但此刻我愿意变身为一个说书人，把我能想起来的讲述出来。

下过南洋的爷爷

　　爷爷是个小个子的男人，身体并不健壮，甚至可以说是孱弱的，风一吹就会倒的那种。生产队记工分的时候，爷爷的工分仅仅比妇女和小孩儿高一点儿，但比成年男人要低，主要就是力气小，做不动重活儿。

　　从我记事开始，爷爷的右眼是瞎的，眼眶里白乎乎的一片。现在想来，其实就是白内障，因为我记得一开始那层荫翳看起来并不十分厚，后来慢慢混浊起来。他吃过很多药，中药、西药都有，但终究完全就看不见了，而他又是一个特别喜欢看书和看电视的人。看电视时，他就会凑得特别近，那时候是十二寸的黑白电视机，他看着看着，像是要把身体投入电视里面去。

　　我也是很早就有了白内障，估计是隔代遗传，但发现得早，医疗技术也进步许多，早早就剥去白内障的那一层，并植入了晶体，对生活没有太多的妨碍。爷爷走得比奶奶要早几年，没有进入到新世纪，走的那一晚，我和父亲赶到了老宅，他没有生什么毛病，就是吃不下饭。那天到了凌晨的时候，爷爷清醒过来，问他有什么想吃的，他说，嘴巴苦，要吃糖水，那种橘子水。

人生本来就是苦的吧，他们都是苦出来的，破碎虚空之前，他想要一点儿甜。

爷爷力气小，但在应家闸这村落和周边的村子里颇受尊重，原因很简单，在他们那个年龄段里，他是少有的有高小文化的人，说得简单一点儿，就是认识字，会算账。后来他就当了村里的会计，而他的账目总是清清楚楚的。我很想在回忆中把爷爷塑造得有些英雄气概，或者风流倜傥一些，但发现不行，记忆里的他完全是真实的，比如在路上捡到一条小小的咸鱼，在那个物资匮乏的年代，在他的心里，不亚于捡到了一根金条，那种把咸鱼纳在怀中美滋滋的样子很是慈祥。

不光爷爷识文断字，奶奶也认识百来个汉字。她小时候生活在上海，家道中落，识字应该是自学的。我记忆里有这样的场景，村里的人拿到信，自己不识字，便过来请爷爷奶奶读给他们听，奶奶有些字读不出来，只能靠蒙了，而回信的任务肯定是要爷爷执行的。

奶奶的脚板略有点儿畸形，可以说是 20 世纪初女性身体的隐秘史：裹脚。也就是所谓的三寸金莲。我问过奶奶，奶奶说，那个痛啊！她心有余悸，好在裹了三个月就不裹了，因为新生活开始提倡。奶奶后来当收生婆，和她的见识应该有关系，在乡下，当收生婆并不是特别好的职业。

爷爷奶奶成家了，本来住在上海，但上海沦陷了，于是逃难回到了乡下，大时代中的蝼蚁，潮流裹挟着，人就是大江大河中的一滴水。

成家后，爷爷奶奶已经独立门户，当时分到了不少耕地，因为爷爷的爸爸，也就是我太爷爷很会精打细算，持家有方，购置了不少田地。爷爷是在上海滩十里洋场打过滚的人，他觉得土地里的产出太少了，当时又有了我大妈和我爸爸。爷爷奶奶生下的孩子还不止这两个，但都夭折了，当时医疗水平比较低下，新生儿的夭折比例比较高。我父亲身上有很大的疤，夏天酷热时脱了衣服就会露出来，我开始以为是哪里受伤的，后来知道是出生不久热疮痊愈后留下的疤痕。

无论在什么样的年代，生活有它的惯性。在 20 世纪三四十年代，在我老家周边想赚钱有点儿抱负的人这里，流行远行，去陌生的地方打拼。上海滩的故事就是这样来的，在宁波裁缝和越剧风靡大上海以后，受之影响，更远的地方也纳入当地人的视野中，比如下南洋，也就是去新加坡、马来西亚一带做生意，似乎那里能够淘金。

爷爷一定是和奶奶反复商量过的，而奶奶也支持他，他们把土地抵押给人，爷爷带着银票就下了南洋，这一走便是山水迢迢，好在那时慢，人的心也是沉静的。

去了半年，爷爷终于回来了，但南洋带给他的肯定不是好的记忆，多的应该是海浪的颠沛和恐惧，是夹杂着鱼腥气的海风。

爷爷从家乡出发的时候意气风发，回来之时垂头丧气，南洋之行，对于他而言是难堪的。

我后来偶尔听村里他们的同辈人讲古，说爷爷在邮轮上遇到了拆白党，被人骗了，回来的时候，那一沓银票就换回了七双当时属于新鲜的尼龙袜。

终究还是有收获的，而非把底裤都给输掉了。但田地就这样败了，被七双尼龙袜所替代，所幸还留了一亩三分地可以维生。

在往后的时间里，爷爷没有远行过。

村里老辈人时常会感慨爷爷奶奶的远见，无论怎么穷，生活怎么艰难，或者世事怎么变迁，我爸爸要读书，他们便咬紧牙关供他读书。

20 世纪 60 年代，大队里有了第一个考出去的大学生。

说 书 人

孩子时候对远方的向往，更多的是对时间的向往，也就是长大，但身体的成长对孩子来说，会感觉到无端的缓慢。我最早对远方的向往，不是来自身在杭州的父亲，尽管那个时候杭州也是远方，坐绿皮火车哐当哐当要开上六个小时左右，但带给我远方湿润气息的却是一个说书人：瘦弱，有着书生文质彬彬的模样，他能唱，还会吹笛子，一根竹竿能够吹出侵入人脑袋的声音。

他每次演出都会有简单的化装，最神奇的是他的变声术，他能够一个人模仿出几个人的声音，甚至还有女声，极其逼真，如果不看人，会以为就是女性；看人的话，在举手投足之间，有着柔媚之态。

后来想，这个人想必是延续了我们老家那一带"的笃班"的传统，这个说书人大概是在世人看来长得眉清目秀的，隔着时间的久远，很难正确说出他的特征，但他受到村民的欢迎是无疑，那个时候的追星族朴素，人们总对好看的事物关注一些。

在村子里演出，有时在一路之隔的祠堂里，有时就在某一家人的大堂，有时也去周边的村坊，看谁叫的他。不到一个月的时间，出事了，他突然消失得无影无踪，隔了两天发现，村里某某家的闺女也找不到了，说是给拐跑了。这闺女生得水灵，已经定亲，但就是义无反顾跟着这个说书人走了。

说书人也姓李，当时我并不知道姓氏之间枝枝蔓蔓的关系，对于李姓，内心所自豪的也是从煌煌唐朝而来。长大一点儿后知道，四明山下的陆埠，李姓主要聚居于五马山北麓、姚江南岸，以"十九都李家"为大宗。倒的确可以追溯到皇族，十九都李家迁姚始祖宋代的李自立，行季十三，授宣教郎（迪功郎的别称）。而其先祖系唐朝汝南王李琏，其后裔初迁金华，五代时再迁上虞县五夫，宋参知政事李光即出是族，李自立为其五世孙。宋末，李自立为避战乱自上虞县五夫迁居慈溪县石台乡太平里。

元后，乡以下增设都，按离县治远近依次称谓，此地遂称慈溪县十九都。李家最为兴旺时，十九都下有五里三十个自然村，除一里的官路沿徐家和东江沿吕家外，其余四里的自然村均为李姓聚居村，民间泛称"十九都李家"。

另据《三江李氏宗谱》记载，陆埠境内还有一支李氏，迁姚始祖李信，南朝宋元嘉年间自兖州迁居余姚县通德乡蓝溪村（今陆埠镇）。至十五世分为蓝溪、奉郵、叶奁三派，其中蓝溪和叶奁都在今陆埠镇，蓝溪派支祖李严，叶奁派支祖李孝祥。

因为蓝溪派和叶岙派地处余姚姚江，奉鄞派地处奉化惠江和宁波甬江，三派合称"三江李氏"。

总归是地方上的大族，有着许许多多的规矩，但到了这个时代，很多旧习俗也早已淡忘，而有些是根深蒂固的，当年依然流行同姓不通婚。为了这个不通婚，有一个不小心怀孕了的姑娘，跳河溺水自尽，把她捞上来的时候，岸边站满了密密麻麻看热闹的人。溺水的姑娘被放在牛背上，想让她把水能颠出来，这兴许还有救，但无济于事。

这是我记忆里第一次的死亡教育，像一匹秃鹫抓住我的呼吸，仿佛手一伸就会碰到这死亡的实体，它黑暗而冰冷。

村里的姑娘为什么看上说书人？当年的我，从大人们闪闪烁烁的言辞中感觉到某种神秘和不可理喻之处。在长大了以后，大致推断了一下，是因为好奇心而产生的亲近之心：说书人能说会道，又见多识广，关键是机灵，他能够对很多事接上话，又是跑江湖的，善于揣摩心意。姑娘的荷尔蒙被他撩拨得旺旺的，终于烫着了自己。

那段时间，村子里流传着一个乡村版的阴谋论，说这个说书人会下药，村里的闺女，是被下药后迷得神魂颠倒才出走的，她不是第一个，也不会是最后一个。

在孩子的内心，对这样的说书人其实有着内心朦胧的佩服，一个人就把一个村子给搅和得天翻地覆。成年人吓唬孩子时，通常是那种别和陌生人说话的告诫，我们并不以为然，农村的孩子，因为无知而干净。

那一天像是电影中的细节，我可以不厌其烦再次讲述：

我们像一阵旋风奔向祠堂，照例去听书，而说书人每一晚一般会讲三个故事，我们最喜欢的是《说唐》啥的，在大段评书讲完的时候，中间也会掺杂着咿咿呀呀的成人故事，大人们听得哄堂大笑，我们却索然无味。

我们坐在板凳上等了很久，一遍遍地有人去催，一遍遍地翘首看进来的人，那是一个对孩子来说如此悲伤和失落的夜晚：说书人消失了，像一滴雨水消失在河道里，没有人能够找到他。

第二天，更震撼的风暴席卷着村庄，某某家的闺女也不见了，而说书人就是吃住在他们家的，每天会交一些费用。这原来是让村里人羡慕的好生意，这下变成赔本的买卖了。

第三天，各种传言开始此起彼伏。

大人们此时给我们安全教育，说说书人是个人贩子，把这个女的抓去卖掉换钱了，孩子间则传说着他是个妖怪，要吃人的，把那个女的吃得一干二净，所以再也回不来了。

我坐在这些传言之中，像是置身于声音的山谷，但我在想听了一半的故事，想着秦琼和尉迟恭怎么就成了门神，唐三藏又是怎么收服孙悟空的，但村口一直没有再出现说书人的影子。我开始自己往后编着故事，当然是编得乱七八糟，但故事在我这里毕竟有了一个结局。

大约一年后，这闺女抱着一个襁褓中的孩子回来了，身上也有着和村子里的人不一样的气息，就是我们在那个说书人身上所看到的。再过了几天，说书人也出现了，依然是文质彬彬的儒雅样，那些说他有迷魂药的言辞突然就销声匿迹了，人们有些疏离又不乏亲热地和他打着招呼，好像从来没有过关于他的传说。

　　说书人就像是一面镜子，倒映着外面那个世界的喧嚣。

　　风吹来吹去，但镜面依然是波澜不兴的。我之所以记得说书人，是因为有一次说书间隙，他教了我一种折纸船的方法，很容易就能折叠起来。而船是能够带给我远方的想象的，孩子的时候，做一件事情，就是竭尽全力去做，我又很执拗，折了很多纸船，大大小小的，放在家里的橱柜里，这和后来有了儿子，看他玩恐龙和小兵人其实是一样的。

走乡串村的卖冰人

我常常会回想起这样一个场景：一群人坐在天井里纳凉，摇着蒲扇，絮絮叨叨着家长里短，有时候，也说些悬空八只脚的"大头天话"（土话，泛指故事和传说）。

乡音，就像雨滴落到瓦片上，自然而然就有了自己的音韵。当我们在拥挤的人群中，耳朵边突然飘来那种无限熟悉的口音之时，会有无端的亲切。这种声音，像是一种刻在血管中的秘密之音，就像小时候听到卖冰人的吆喝。

和多数的孩子一样，六一儿童节是我所企盼的，爷爷奶奶和妈妈会给我准备一些礼物，我童年时候一只手数得过来的玩具，比如底下装有轮子可以推出去滑动的飞机模型，就是儿童节的礼物。这和后来自己有了孩子后，给他的玩具数量之多完全不能相提并论，但童年的快乐很难说我当时就少了。

一个是过年，一个是过节，总是印象最为深刻和期待的。而六一节过后，蝉声开始鼓噪，白天变得硬朗而明亮，天气一天天热起来，蚊子开始如轰炸机嗜血飞来。当天气热得有些不能忍受之时，对卖冰人的盼望成为当时的主题：冷和热的交融，夏季赋予我们的幻象。

那个时候，乡村里没有幼儿园可以管束我们，七岁前的童年是没有任何拘束的散养。同样，家里也没有电冰箱等电器，连电风扇都没有一个的，但就是因为没有，当时才有卖冰人这个行业：他（她）背着一只大木箱，木箱里面铺着厚厚的棉被，而在棉被里，躺着让我们觊觎的棒冰。条件好一点儿的卖冰人是骑自行车的，永久牌还是凤凰牌自行车，可以把木箱子架在后面的行李架上，前面自行车的横档上也可以再架一只箱子。

无论有没有自行车可以骑，他们的脖子上，都会搭上一条毛巾，那是用来擦汗的。

自行车增加了卖冰人的营业成本，但因为动作迅速，在走乡串村中，他能够卖掉棒冰的速度和数量明显有别于徒步的卖冰人。这大概是我最早直观感受到工具使用和产生效益之间的关系，当然我自己是分析不出来的，是问了爷爷奶奶他们所告诉我的。

当时觉得最为神奇的事情是，我们穿着短袖子的衣服都感到热，汗水会不断流下来，弄得身上黏糊糊的，为什么棉被裹着的棒冰却不会融化。我用这个问题去问大人，他们说，棉被和木箱可以起到一个保温的作用，但我还是很迷茫，这不更热了吗？对于棉被包裹棒冰起到热的隔绝效果，是很多年以后才明白过来的。

那时候就觉得很神奇，感觉这个藏着棉被的木箱子是魔术师的魔柜，被魔术师施展了魔法：它能够变出我所喜欢的棒冰。

当时的棒冰真的就是棒冰，有两分钱一支的，有四分钱一支的，后来有了一毛钱一支的。两分钱是最普通的白糖棒冰，四分钱的是绿豆或者赤豆棒冰，后来一毛钱的是麻酱棒冰。

卖冰人会一边敲着竹牌，一边高声吆喝。

听到有人招呼，骑自行车的会遽然停到你的面前，动作潇洒无比，接过钱后，熟练地打开箱子，把棒冰递到我的手上。

那种沁凉的感觉是夏季最让人陶醉的享受：一口一口舔着那棒冰，吃得太快身体会因凉气打个寒战，吃得太慢的话，棒冰又会融化流淌到手上，有时还会流到衣服上。

奶奶吸上一口说，不好吃，不好吃，都是糖精（当时很多东西都用糖精，比糖便宜，是人工合成）。我便吃得心安理得，奶奶其实是舍不得吃，过惯了精打细算的日子，她恨不得把一分钱掰作两分钱来用。

我总觉得卖冰人是个好职业，有无数的棒冰可以吃，但卖冰人往往带着一个军用水壶，他们渴了只是大口地灌水。有的时候，他会多逗留一会儿，问主家讨开水灌注到水壶里。他们为什么不吃自己卖的棒冰？这是我那时不能理解的。

更不能理解的是那个头发乱糟糟的卖冰人，一个小伙子，那一天，他的木箱子没有绑好，也许是路上的颠簸让绳子散了开来，也许是木箱子突然有了挣脱束缚的心……木箱子从自行车架上掉落下来，无巧不成书，一块坚硬而凸起的石头迎接了木箱子的下坠。

木箱子四分五裂，棉被也在掉落中散开，那些棒冰震荡出来。太阳明晃晃地笼罩着，小伙子脸上布满了绝望。

那一天，我看到奶奶给自己也买了支棒冰。她吃得心满意足，说，太凉了，太凉了。

棒冰吃完了，我们会把棒冰棒留下来，洗洗干净后，也是一种游戏的道具：把棒冰棒用手掌紧紧握成一把，直立贴着桌子，手松开，棒冰棒倒下，一根叠着一根，我们用另外一根棒冰棒去挑开，但别的棒冰棒不能有丝毫的晃动。这是对耐心的考验，得屏住呼吸，得细心琢磨，在木棒与木棒相互的接触中，要把它们分开，这需要手稳，且快，就像古龙武侠小说中的高手一般。

在房间桌子的抽屉中，有一排是属于我的，其中一只抽屉当时放满了棒冰棒：我吃过多少根棒冰啊？我想，那些卖冰人估计是认识我的，毕竟，村里常常能买棒冰的人不多。

冰箱普及以后，卖冰人去了哪儿？突然就想到他们的吆喝声，对于孩子而言，这吆喝声才是乡音：它是孩子的天堂。

冰凌：屋檐长出了牙齿

　　屋檐上，几只麻雀蹦蹦跳跳，不晓得在啄食些啥。秋风起，阴处有些微凉，我从房子里踱出，抬眼，天空有着被辜负了的那种蔚蓝，没有云，让我微微有些遗憾。看云是种很能愉悦自己的游戏，尤其去镇上或者县城，要走远路时，一路上，看看云形状的变化，无端去猜测自己见过或没有见过的动物和事物，然后为它的每一点儿变化而感慨。这样，路也就变得短了。

　　一角屋檐的瓦片上，隔很久会滴下一滴汇聚而成的水，敲到地面上，又消失不见。这水滴从何而来？我观察了很久，很难理解，但就是这样滴了下来，像是包裹着一个小世界，我探首又看了几眼，老房子都有水槽作排水之用，估计是这个原因，或许前几天下过的雨还在水槽中有剩余。在这样的仰望中，突然想起，当天再冷一点儿的时候，也就是秋天深着深着，深到了天寒地冻的腊月开始下雪结冰的时候，我们裹着厚厚的棉袄，坐在弄堂口，烘着铜火铳的往事来。

铜火铳是用炭火的，里面照例会煨上一些大豆啥的，豆荚爆开的时候，会发出噼噼啪啪的声音，而香气也会四逸出来，像钩子钩住了胃，舌底一下就会生津。而那只黑猫也往往依偎在椅子边上，就在你的脚旁，因为人多的地方温暖些，偶尔，它还能吃上些东西。

从那个时候对世界无知而蒙昧的眼睛看过去，常常在一夜呼呼的西北风之后，或者在漫天白皑皑的雪意中，屋檐会向下长出一排晶莹剔透的牙齿来：那就是冰凌。我也叫它棒冰，冬天的棒冰，真正像棒子一样的冰。在那种天气，水缸里的水也给冻结上了，有时薄一点儿，有时厚一点儿。如果太阳出来的话，阳光照在冰凌上，光的折射下，冰凌会泛出炫目的光泽，就像彩虹。这曾经让我目眩神驰，人总是对外表亮丽的事物缺乏免疫力，亮晶晶的东西总能抓住人的注意力。

我那个时候常常想，这水一滴一滴地下来，平时都会落到地上，落着落着，就在泥地上砸出一个坑，水又会汇聚在一起，形成一个水洼，然后新的水滴下来，会弹奏出一曲天籁，但到冬天，它却凝固了，它的凝固，让屋檐长出了高低起伏的牙齿，恍然如乐谱的起伏。

长大后喜欢去各处漫游，到过比居住地热或冷的地方，在零下20摄氏度左右的环境里，见到过滴水成冰。在壶口瀑布那儿，更是见到过浩荡的河水，那种看起来涌动着的气势非凡的流水，安静下来结成了冰凌的奇观。和这些相比，屋檐下的冰凌当然不足道了，但当时的那种神秘之感是推开世界的钥匙。过年了爸爸回家，问他，一方面也出于孩子对大人的讨好，大人总是喜欢有好奇心会问问题的孩子。爸爸当时这样解释：当气温达到或稍低于 0 摄氏度时，水就会结冰，冰凌就是这样产生的，就像我们冬天哈口气，会雾蒙蒙的一样。

哈气也是当年孩子的游戏之一，有人能够像大人抽烟时一样，吐出圆圈来。

有些冰凌长的地方矮一点儿，手一伸就能够到，发现冰凌的孩子会把它摘下来，甚至连根部的苔藓都还在。摘到冰凌的孩子相互间会比较，谁的冰凌茁壮谁的粗大。多数冰凌都长在让孩子可望而不可即的高处，而那些冰凌往往长得很长很雄壮，这便要央求大人帮我们去摘，或者拿着竹竿去撩去敲，但一旦撩下来或敲下来落到地上，往往冰凌就断成了好几截。

孩子是什么都要比的，比如站在田塍上，男孩子会排成一排，比谁尿得远，谁尿得远谁就是司令。我们也会把冰凌当作自己的宝剑，相互比画，这个其实是有点儿危险的，大人看到会喝骂几句阻止我们，但孩子哪懂这些，转眼自顾自又玩儿了起来，由于大人阻止过，我们的动作会小一些。

有贪嘴的孩子，会把冰凌当作夏天的冰棍儿舔，尽管它什么味道都没有，尽管它让人透心凉。孩子在舔冰凌的时候，会装作被冰冻住了舌头的样子，挤眉弄眼地做鬼脸，希望有人能够当真这样以为。

屋檐下的那口水缸里的水结冰了，形成一个冰盖，我那时候会拿冰凌去凿水缸里的冰，但往往手中的冰凌折断了，冰盖却只是凿出了一点点的痕迹。小时候的冬天真的很冷，现在的江南这样的冬季好像不多了，气候的这种变化很明显。

这房子长出牙齿的意象，当年是突然间想到的。

小小的身影，在这样的住宅里跑来跑去，透过蛛网和天窗漏下的光束中的尘埃：我们站在屋檐下，手里拿着石块，对面是一排够不到的冰凌。一个接着一个，我们奋力把石块抛掷上去，这屋檐在冬天长出的牙齿被我们折断了。但更多的时候，这些石块被抛到了瓦片上，又滚落下来，发出黯淡的声响。

白鹤桥，白鹤何处去

　　我的姑妈，也就是我爸爸的姐姐，嫁到了白鹤桥。我那个时候没见过白鹤，问奶奶，奶奶说，和白鹅差不多。村里有养鹅的，常常见到鹅昂首阔步、趾高气扬的样子，我总觉得这是一种神奇的动物，它和鸡啊鸭啊完全不同。当我走过白鹤桥的时候，我会望着河水和河水之上的天空，希望能够看到白鹤的身姿，我看到过麻雀，看到过喜鹊，甚至看到过翠鸟一闪而逝的身影，但就是没有看到白鹤，而因为没有看到，让白鹤成了一个符号：虚幻的美好。

　　听村里的老人说闲话，这桥造过很多次，发大水了，桥被冲垮，然后又重新造起来。有一次造桥，桥合龙的时候，有两只白鹤突然到来，翩翩起舞，于是这桥就被命名为白鹤桥。关于这桥还有一些传说，我放在花门头那里说，不过民间故事都有一个相似的面貌。

　　白鹤桥在河的上游一点儿，离我的村庄其实不远，哪怕是在我的童年时代，沿着乡下的泥路，也就是走上半个小时就到了，中间隔着个花门头。但白鹤桥村其实已经在对岸了，走了半小时后，越过白鹤桥也就越过了河。

如果不过桥，沿着路一直走下去，那是我另外一个天堂：镇所在地陆埠。当年的陆埠在记忆里就是交叉的两条街，但已经足够吸引一个乡下孩子的身心了，除了糕点之外，还有一家新华书店，那个时候，字是认识不多的，但对连环画的渴望近乎饕餮。

陆埠镇的得名是旧时陆姓族聚，市集渐盛。童年时，有很多被浪费了的时间，比如去陆埠，只是关注了集市和书店，忽略了一些美景，直到多年后才得以弥补，像撞钟山，位于陆埠镇之南，与兰溪流水相映，据光绪《慈溪县志》记载："县西南六十里，两山相峙，西如钟，东如杵，俯临蓝溪，溪水经此，声如宏钟。"又如石门山，黄宗羲在《四明山志》说："石门山，石壁对峙，若门束流，于下可容一人而过之；门外有崩湍数十道，为水帘，门内有龙潭。""有石门寺，元柳贯云：石门山者，宋之禅伯进虎子所栖隐是也。"有八米之二巨石，仍左右屹立……

这些对于当年的我没有吸引力，或许，那时的我，也是别人风景中的一部分，就像现在旅行时我所看到的风景。

去白鹤桥就是去我的姑妈家，姑父在上海工作，家里时常有乡下见不到的糖果，这让我对去白鹤桥充满了热情，但一年当中去的次数并不是很多，当时并不知道其中的缘由，等长大一点儿懂得了成人世界的复杂：龃龉，人与人之间的阴影部分。我妈妈善良、勤劳，我姑妈同样也是，但两个人之间并不和谐，这在我幼小的心灵里有着敏感察觉，后来想，其原因还是因为当时的贫穷，物资的匮乏是导致矛盾的呈现，而在日常生活中，它原本是在隐匿中的。好在她们都不是那种剑拔弩张的人，人性里的白鹤依然在低低飞舞着。

对白鹤的眺望成为我当时的远方，若干年后，我重新驻足在当年走过的桥头，宋代并不出名的诗人姚勉的《白鹤》突然冒了出来，但记不完整，后来查了一下，全诗是这样的："白鹤有奇质，从古巢神仙。饥餐必瑶草，渴饮惟琼泉。朝飞阆苑霞，莫宿炎洲烟。一从落尘埃，六翮翦不全。身居樊笼中，心往云霄边。长鸣欲谁诉，顾影私自怜。清都梦如昨，欲去曾无缘。安得支道林，使之遂飘然。"

记忆的破碎和浮现，总是显得出其不意，在时间的某个角落里钻出来，就像竹笋，因为会在土里横着长，就像是有灵气一般，在锥破之前，你很难知道它会从哪里冒出来。

白鹤桥是一个符号，有着多种的启示。

夏天时，在桥上会有很多年轻人跳水去河里游泳，这是我从不敢尝试的事情之一，我为自己没有他们的勇敢而惭愧，却始终缺乏那种冲动。在他们的喧闹中，身体舒缓向下打开，有时会让我觉得就是白鹤展翅的样子。

更多的时候，在白鹤桥上聚集着垂钓的人，说是桥下的水里能够钓上大鱼，在那个时候，像今天成为美味的汪刺鱼是钓客讨厌的杂鱼，无鳞的鱼在当时都不受人欢迎，人们喜欢的是鲫鱼这一些。

在姑妈家的杂物间里，有一回我发现了一盏煤油灯，大概是表哥从哪里找到后玩儿的，他带我玩过，小小的火焰在幽暗的房间跃动，有一点点的热。孩子生性都是喜欢玩儿火的，我动了要把它据为己有的念头，于是趁着表哥不在，拿个破布包着带回了应家闸，心里那个忐忑不安，生怕表哥追上来，过了白鹤桥之后才觉得安心。表哥当然是发现了，但很奇怪没有找我要回，因为姑妈说是她给了我的。

姑妈女承母业，曾经当过赤脚医生，后来去了医院，很平常的农村妇女。退休后，她住到了余姚城里，有一回我去看她，一时有对着镜子般的恍惚：她笑起来的时候，让我看到了自己的影子。我想到了白鹤桥，我没有见过的白鹤却在我的记忆里盘旋。

花门头：碧玉簪故事的起源地

"……叫声媳妇我格肉，心肝肉啊呀宝贝肉，阿林是我格手心肉，媳妇大娘侬是我格手背肉，手心手背都是肉，老太婆舍勿得那两块肉……"

婉转如水的旋律缓缓从祠堂那边飘过来，像是月色的一部分，从窗口照进来，笼罩着我。那些喝彩声和戏谑声，让我后悔为什么那么早回到了床上。这大概是我最初的美学教育，但当时我并不喜欢舞台上那些缓慢的唱词，同样不喜欢缓慢的故事推进，除了鼻子上贴着白色伤膏的小丑，让我坐下来看完一整本的《碧玉簪》，远没有看插科打诨的《十五贯》来得有吸引力。

但村里人都喜欢，李秀英和王玉林就好像是生活在他们隔壁的一家人，说到某些细节的时候要么咬牙切齿，要么愤愤不平，而说到开心处，又是眉开眼笑。这个故事在我后来的认知里，就是郎才女貌的一种版本。故事说的是：吏部尚书李廷甫赏识书生王玉林，将爱女李秀英许配给他为妻，但新婚之夜，王玉林拾得情书一封，内附碧玉簪，怀疑李秀英有苟且之事，从此冷落。李秀英为求夫妻和睦，忍受委屈，仍然对丈夫温存体贴，但王玉林百般凌辱，秀英因不知原委，痛楚万分。等到了李廷甫赶到王家评理，查清系受人诬陷，王玉林悔恨不已，可李秀英早已心冷，等王玉林赶考得中状元，请来凤冠霞帔赔礼，李秀英满腹怨情，不愿接受凤冠，并对王玉林数落责备，尽情倾诉。在王玉林诚恳认错和婆婆等劝慰下，两人终于尽释前嫌，重归于好。

前面的那一段唱词便是婆婆劝说媳妇李秀英时所唱，和"天上掉下个林妹妹"（《红楼梦》唱词）同样是越剧唱词中广为流传的。

但我们对《碧玉簪》故事的喜爱，并不仅仅是欣赏，还有一种"与有荣焉"的认同感，因为故事的起源地，据说就在应家闸隔壁的花门头（渡，乡音读着读着就变成了"头"）村，说书人这样说，村里人也这样说，他们常常会争得面红耳赤。我每次去白鹤桥，常常以花门头作为标尺，差不多就是走到了一半。花门头有一部分村落并不在路边，需要另外一条路进去，远远观望，古木蓊郁，鸟雀啁啾，有一种氤氲的气息，穿过这一部分后就到了白鹤桥的桥头。

从地理上看，花门头和应家闸都在白鹤桥以南，这两村都是李姓的聚集地，据说出过许多官人，但这些都隐藏在遗失了的家谱里，在今天已经成为一个空缺。

在乡村文化里，有过另外一个传说，把白鹤桥、花门头和应家闸三个村联系在了一起：

某年，花门头出了个叫李若水的人，中举后仕途顺畅，一路升迁到了礼部尚书。在这个时候，四明山下另外一个袁马村，也出了个大官，被封为阁老，人称"袁阁老"。

在袁阁老高中状元后衣锦还乡，仪仗队开锣喝道，当时要过花门头，也就是李若水。那天李若水赋闲在家，他妈妈看见这个热闹，有点儿眼红，说："人家做官多少热闹，只有你做官冷冷清清。"李若水听了，便叫人把自己的名帖送到已经远去的袁阁老那里，袁阁老一看，急忙返身李家门前，但见门口挂着一只朝靴，一件龙袍，赶忙跪在地上。

袁阁老被戏辱愤恨不已，专门挖了一条河给自己进出之用，他怀恨在心，请了一位风水佬，定下毒计。李若水每年要回家一次，他第一年见渡口泊着船，第二年回来时，船还泊着，第三年见船仍泊在原地方，觉得奇怪，便问船家："你的船为啥泊了三年还不开走？"那船家就是风水佬，说："这里风水太好，我实在不想离开，可惜这里的人太小气，格局不大，所以至今没有大发。"

李若水好奇，问格局不大在啥地方。答："这白鹤桥应该拆修，造座像样的大桥，那条路要再铺得宽一点儿，还有路边两口井，填满筑路为好。"但那条小路是一条龙，路边的两口井是龙眼，风水好全靠这条龙和白鹤桥的两只鹤守护着。

李若水不知道，他回家后和家人商量，开始拆造白鹤桥，在拆建时，白鹤桥的两只白鹤腾空而去，飞到黄家，在一座房子上停了下来，又回头望望白鹤桥，叫了几声，飞到下车弄一座桥头隐去。那黄家房子称"鹤鸣堂"，下车弄那座桥叫"隐鹤桥"。

李若水自己破坏了风水，让李家渐渐衰落下去。

在晒谷场里听大人们讲古的时候，每每说到这个故事，总有人像是皮囊里藏着不平之气，说，本来李姓还能更加发达，都是这风水破了！

在这个传说中，充满了乡村社会中不好的那部分：算计和狡黠。相比之下，我更喜欢《碧玉簪》中的男女饮食，人不一定非要把自己人设为好人，但机关算尽总归让人觉得扫兴。

花门头这个村名的缘起是因为它是个渡口：我们出发和抵达之处。

爆米花的袅绕香气

村里的地，当时种的是两季稻：早稻和晚稻。杂交稻是后来的事，冬天田地空下来的时候，撒上苜蓿的种子，那就是紫云英，开花时锦绣流淌在大地上。苜蓿在乡下就叫作草籽，是收割了晒干后拿来喂猪的，但草籽嫩的时候也可以炒着吃。

我父亲大学毕业后就在杭州工作，家里的地不多，但这两季稻谷收割时，还是忙忙碌碌的。我小，基本上帮不上忙，爷爷奶奶带了我去也就是跟在他们屁股后面抓田鸡和泥鳅。当稻子收割得差不多，稻束一堆堆立在空旷的土地上，孩子们最高兴的便是去拾穗：把那些遗漏在地上的稻穗捡回来。这个稻穗是没有主人的，谁捡了就归谁所有，但奶奶当时不允许我去，主要是心疼，她说，家里不缺这点儿米。

所以有过几次的拾穗一直在我的记忆里，连同那些绚烂的晚霞和渐渐降临的暮色，大概经历得少更让人铭刻在心。

仅有的几次拾穗，其实都是贪吃所引起的。我自幼嗜吃，而那个时候没有多少零食可吃，最让人垂涎的是（鸡）蛋糕，但除了逢年过节，它几乎可望而不可即，属于当时的奢侈品。小时最常吃的零食是爆米花和同一谱系的年糕胖，碳水在挤压膨胀后的那种香气。

那个时候的客人上门提的礼物中，还有就是豆酥糖，很甜，一受潮就变成一块一块的，我不是太喜欢。

人的从众心理也很有意思，我的名字里有葱，小时候常常被人叫洋葱头，这常常让我觉得沮丧，而我的一个表哥的名字是红军，东厢房紧挨着住的一个有点儿远的堂哥的名字也叫红军，红军多么威武啊！于是我请求妈妈，能不能给我改个名字？问叫什么，我说就叫红军。

大人们有时被孩子纠缠得烦了，会骗孩子，吓唬我说，人生出来都是在阎罗王那里备案的，名字早就写上去了，你现在改名了，阎罗王翻账簿翻不到就麻烦了。

这么一说，我自然就偃旗息鼓了，谁让我刚刚听过孙悟空大闹天宫的故事，孙悟空去阎罗殿撕碎花果山猴子名录让徒子徒孙永生的故事记忆犹新。若干年以后，在我略懂名字的优劣之时，对童年时的这段往事常常忍俊不禁：人一开始是群居的动物，渴望着被承认，渴望着和同伴一样。

那两个红军和我的年龄相仿，一个比我大一岁，一个比我大半岁，所以能够玩在一起。我去拾穗是和他们一起去的，一人拿着两个塑料袋（塑料袋也不像后来俯拾皆是，多少要收藏起来反复使用），三个小小的身子扎入收割后的旷野里。我现在记不得一共拾过几次，但其中在夏收之后的那次常常出现在记忆里：也许它在时间中已经混合。

残留在土地上的稻穗非常的少，有一些，也被勤快的麻雀所叼走，动物会比我们更加敏锐。我们渐渐越走越远，塑料袋也慢慢变得沉重起来，像是要被大地的引力所吸附。夏日的晚霞极端炫目，被火烧着了一样，透过澄澈的空气，云彩千变万化，如虎，如狮，如狗，又如鹰……但它们慢慢显出了疲倦，这个时候的空气是纯蓝的。

有着没有来源的恓惶。小的时候不知道这种感觉，只是觉得天地之间，突然就无所依赖了，突然就很想家。我们叫着彼此的名字，夜色好像贴到了我们孱弱的身体里，带着沉甸甸的拾来的稻穗，我们几乎是一路狂奔着回家的。此时，夜色正侵袭着大地，似乎有故事里的狼在身后追逐着我们：回到家要挨骂了。

回到家是惊喜的，不仅没有挨骂，甚至还受到了鼓励：知道干活儿了。那是因为爸爸回来了，而堂叔他们杀了养着的兔子，烧得芳香四溢在圆桌上团团坐着。奶奶照例要维护我，穷人的孩子早当家，这孩子是多乖啊。

我记得清楚的是，这两袋稻谷，其实也就是大人手上的两把米，甚至都不到，奶奶如同捧着黄金，特特意意去脱了壳，让我留意爆米花的师傅啥时候来，把米爆开来。

和卖冰人只有夏季才走村串户不同，挑着爆米花机的师傅时不时便会出现，那黑黑的铁疙瘩非常神奇，一把米下去，在炭火中翻着翻着，然后师傅一声吆喝，一脚踩下去，一声巨响，地上的麻袋鼓起来，又瘪下去，而芳香四溢的爆米花出来了。

我常常把爆米花塞满在口袋里，如同攥着一把钞票，有着财富自由的那种炫耀，当时我是否走出了六亲不认的步伐？

乡村电影，流动的夜之盛宴

"吃俺老孙一棒！"这一句是我童年时的口头禅，也是当时同龄人的口头禅。动画片《大闹天宫》估计是我看得最多的电影，没有之一。看电影需要幕布，当幕布在方圆数里村坊的晒谷场里升起来的时候，我们知道晚上有电影可看了。电影是神奇的，它像是一道门：和我处于另外世界，但好像又是在一起的。

比如孙悟空，石头缝里蹦出来的美猴王，多么自由自在，尤其是他的七十二变化和那转瞬万里的筋斗云，在孩子的心里，这些都是真实的，没见到幕布上龙宫的定海神针，也就是如意金箍棒被拔出后，龙宫那地动山摇的场景。

在晒谷场看电影需要占据位置，如果是在本村，或者在湾头啊这些就近的地方，一般是午饭后就急着要爷爷奶奶带上小板凳或小椅子去排队：相当于预定位置。幕布已经挂好，最好的位置就是它的正前方十五米左右吧，太远了，声音听不清楚，太近了，要昂着头看，一场电影下来，人差不多就要成花门头那个朝天疯子了。

　　那个时候，尽管乡村文化程度普遍不高，但大家遵循于一种规则和秩序，或者说，乡里乡亲的，如果没占位置，而去挤别人的，会被人看不起的，所以很少会因为抢位置而发生争吵。看电影发生过打架，但那是另外一回事，往往发生在不同村落年轻人之间，基本是男女之间争风吃醋所导致的。

　　放好座位以后，就眼巴巴盼着天黑，而常常，墨菲定律无处不在，放电影的日子往往是在下雨天：正常的晴天早已离开我们的记忆，而不好的阴郁的天气却如影随形，甚至，它伴随着我一生的记忆。

　　即使是在正常看电影的日子，作为孩子，天性就是麻油屁股，坐不住的，除非放映的电影像《大闹天宫》一般，但当时放映的往往是那些戏曲电影，我最厌倦的便是碰到听不懂的京剧，冗长的唱词常常让我塞住自己的耳朵，不让那些歌词滑入到耳朵的客厅里来。

　　但这种时候，我们很快会找到自己的乐趣：在人群中捉迷藏。对于孩子的游戏，多数成人都能够宽容以待，甚至会加入游戏中的一环，比如把我藏在身后，然后告诉来寻找的小朋友说没看见，我们乐此不疲。

　　后来发现了更为好玩的游戏，这个是偶然发现的：我们溜到幕布的背后去。大人们是禁止我们去的，电影开始以后，如果我们在背后，幕布上就会有影子，这多多少少影响了电影的连贯性，而我们慢慢发现，如果离得远一点儿，比如说幕布是靠着一条沟竖起来的，我们可以到沟后面，幕布后看到的电影和正常看的电影不一样，一样的说话，但那些人像是反过来的。

这种反过来的图像，在我的心里会产生一种特殊的效果，那个时候我并不懂这种荒谬：在许多年之后，我猛然意识到，在潜意识中，这种颠倒的图像也是生活的一种。

就像那些在电影中死去的人，在另外一个日子里，他们又重新活过来，重新去战斗，重新去寻找生活，然后再次死去，或壮烈，或卑微，即使我对于他们的故事知之甚详，却依然感动于他们的一举一动、他们的慷慨激昂和他们与我们不一样的生活。

他们死去，他们复活，像是生活在一个个平行的宇宙，宇宙的多少取决于我们观看的次数。我产生过这样荒唐的疑问：电影里的他们，在这样一次次的重复中，会厌倦吗？这个疑问注定没有答案，是孩子奇异的想法之一，就像我在幕布背后，在反向的图像中得到无与伦比的满足一样。

幕布里活着的人要比我们高大，会让我们情不自禁地去仰望，如果是恶人，那么痛恨也是加倍的。在夏夜或秋日舒适的风中，当我的眼睛被一只趋光的昆虫所吸引的时候，那些在幕布上抑扬顿挫的剧中人，突然间和声音一起戛然而止，像是沉到了水面以下，而晒谷场上，在片刻的寂静之后嘘声四起：断片了。

这是多么常见的事故啊，就像是高速公路上的车祸，在流畅的速度一往无前之时，突然就停顿下来。

　　仿佛生活中一道神秘的断裂：黑暗填充于其中。当时我并不能察觉其中的隐喻，但一般在几分钟之后，当电影胶片重新接上之后，黑暗被光所充满，电影得以延续，剧中人的生活也得以继续。

门槛和风

门槛不高，估计就十五厘米左右，却绊倒过我很多次：每一次都被同一条门槛绊倒，这说起来有点儿丢脸，但孩子时，那种跑得急急忙忙慌慌张张时，被绊一下是多么平常。我的右眼眼角有一个磕开后凝结了的疤痕，是某次被绊倒后留下的礼物，无论你喜不喜欢，时间总是会留下一点儿记忆给你，让你记住某个场景，尽管这场景对你也没有实质性的含义，就像是一种无法忘记的事物。

这门槛一直在这里，我每一次被绊倒时，奶奶都会拍打着门槛，好像它是一个人，是它使坏我才倒地了，那时的很多魔幻心理大抵是这样产生的。

我后来知道门槛的设置是有讲究的，像我们这样门外就是马路的，修门槛时就会比马路略高，这是为了家中的财气和运气不外溢，而我们这样普通高度的门槛，起码说明在造这个住宅的曾祖父他们这一辈时，家中并没有当官的人，否则门槛还能够高一点儿。在后来到那些大宅院去参观时，比如某达官贵人的故居，门槛高的需要把腿提得别别扭扭才能进去。

规矩是给别人而设，也是给自己而设。

我喜欢坐在门槛上听大人们唠嗑，门槛外当时是一个小小的门厅（在数年前，因为没有人居住，房屋有了倾倒的模样，整修时把门厅包进了房子里），妈妈在家里做裁缝时，就会把缝纫机放在门厅里，然后，来找妈妈做裁缝的人搬着凳子坐在边上，东家长西家短的唠叨个没完，门槛肯定是比我更为忠诚的听众。妈妈带过徒弟，都是小姑娘吧，我是没啥记忆了，她们在一边做一些辅助性的工作，相当于帮工，但没有工资。

有的时候，大人们所聊天的话题是多么让我索然无味，于是便靠着门边睡着了。穿堂风会沉没了我，让我睡在风中，口水从嘴角淌下来，那多半是梦见了啥好吃的。也会有突然一抽搐，梦见自己掉下了悬崖，妈妈会抱着我说，别怕，别怕，那是在长个子。

而妈妈并不是一直都在家里，就像前面已经说过的，和爆米花的师傅、卖冰人这些人一样，妈妈也要走村串户，区别就是这个活儿是要预订的，说好要做的活儿和价格，在年底的两三个月会特别忙碌，因为辛辛苦苦了一年，都要给家人做一身新衣服过年。这也是孩子时特别盼过年的原因，对孩子而言，新衣服是喜欢的，但更喜欢的是吃，过年了，意味着能吃到许多平时不太吃的东西。

如果妈妈去做工的那家人有缝纫机的（自行车、缝纫机、收音机，是当时结婚的三大件，后来慢慢在时间的推移中渐渐变化），妈妈就轻装上门，如果去的人家里没有缝纫机，这在当时是大多数，那么阵仗就大了，会有两个壮劳力用麻绳和扁担挑着缝纫机去。等到衣服做完以后，再把缝纫机用两个壮劳力抬回来。

那个时候，村里的人从门前的小街走过时，常常看到一个小小的身子坐在黄昏的门槛上。

"阿葱，你在干什么？"

"等妈妈。"

"真乖！"

…………

这样的对白经常上演，在很多年后，我回家乡时，还屡屡被人提及，尤其是到了冬季时的一个细节，鼻子下拖着黄龙鼻涕，脸红扑扑的，却一直坐在门槛上守望。

他们也许知道，也许不知道，我坐在门槛上的等待，一方面是孩子对母亲的想念，另外一方面，母亲回来时的口袋里，常常会塞着一个鸡蛋、糖或者花生、荸荠等吃的东西，那是主人家为妈妈准备的点心，她舍不得吃，就藏起来带给我和妹妹吃。

母亲已经不在了，但童年时的这种场景时常闪现，就像妈妈从口袋里掏出来的糖：它是魔幻和神奇的，附着母亲的体温和微笑。

门槛是门之所在：门槛之内是家，安全和温暖的所在，门槛之外，对于孩子时的我，就是一个需要冒险的世界。这道门成为一条界线，就像门槛上的门，当两扇门合拢，门的下端紧贴着门槛，在门的中部，一道圆木插上：妈妈回来了，我们把世界关在了门外，而风并不能被束缚住，它会沿着缝隙灌满房间。

在无限反复而循环的故事里

"大懒差小懒，小懒差门槛，门槛差谁呢？门槛差大风……"这是那时坐在堂屋里喜欢说的一段绕口令，和在打毛衣或者在做其他家务的奶奶一唱一和，每每乐此不疲。绕口令还有很多，但能够让我记忆犹新的就是这一段，可能是它戳中了某个点。

从我记事起，奶奶好像很少出诊接生了。农村里的时间比较富足，尤其在冬天农闲或者平时下雨的时候，村里关系好的男男女女就会围坐在一起，他们聊什么我听不懂，但我喜欢缠着他们给我讲故事，或者说这些绕口令。其实，除了前两句"大懒差小懒，小懒差……"是固定的，后面可以有无限的搭配，比如各种动物，各种看得见的东西。

和这个我所喜欢的绕口令一样的，还有一个我们都熟悉的故事，很多人都听到过的："从前有座山，山上有座庙，庙里有个老和尚，老和尚在给小和尚讲故事，故事讲的是从前有座山，山上有座庙，庙里有个老和尚，老和尚在给小和尚讲故事，故事讲的是从前有座山……"

这样的叙述无限反复而循环，一开始甚至会产生一种困惑，总觉得在后面的某个点上，这故事会出现突然的变化，比如像会有哪吒闹海的热闹，比如像会有孙悟空大闹天宫的痛快，小小的心灵里期待了又期待，但它就是不变，即使讲故事的人会给你承诺，下一次，这个故事就会有新的变化了。但终究是这样重复的，有趣的是，当我一遍又一遍听的时候，如果讲述者不同，语气腔调也会不同，我开始着迷这些细节的变化，对这个重复讲述的故事充满了荒谬的激情，像是一根弦绷紧着，我总期待它能够停下来，或者绷断。

到了自己有孩子的时候，会发现人类幼兽的求知欲是何等的固执和执拗，那些被我缠着讲故事的人，不胜其烦中用这个故事的沙漠来应付我，但当时的我却试图从中找出一些有趣的东西来：就像是在沙粒中想发现水的痕迹。

我原谅自己在那个时候的愚蠢和轻信，但这个故事的本身设计得非同寻常，或许能让人感觉到某种顿悟。其实，没有任何一个故事能够完美到一劳永逸，能够在自我的闭环中令人满足，有的只是我们对故事汲取的形象，这和从一粒沙中看到一个世界是一回事。

当我熟悉这个故事的讲述时，我也会去试着开始讲述，并不是骗他们，我只是讲给这些身边的人，成人、同伴，或者比我更小的孩子听，也许有着某种隐秘的恶趣味。我说，我给你们讲个故事吧！

奶奶或者妈妈，或者堂姐等对我性格了解的人，会有一副兴致盎然的样子，认真倾听的样子。而那些同龄人或者比我小的孩子，他们更是充满了期待，毕竟，我常常给他们讲一些胡乱编造的故事，那是把成人讲述的故事东拼西凑，但孩子爱听。

　　我开始讲，故事是这样的："从前有座山，山上有座庙，庙里有个老和尚，老和尚在给小和尚讲故事，故事讲的是从前有座山……"

　　讲着讲着，我开始厌烦这个故事了，然后我就会这样结束："从前有座山，山上有座庙，庙里有个老和尚，老和尚在给小和尚讲故事，老和尚死了，故事没有了。"

　　但会有比我小的孩子问，老和尚为什么会死呢？对于当时的我，死是一个概念，其实就是想结束这个类似于催眠的故事，我和他差不多大，我怎么能够回答这个问题呢？

　　但有人在我永不满足的倾听故事的要求下，给了我这个故事的另一个版本："从前有座山，山上有座庙，庙里有个老和尚，老和尚在给小和尚讲故事……从前有座山，山上有座庙，庙里有个小和尚变成了老和尚，老和尚在给新来的讲故事……"

　　新的循环开始了，但和尚总是很倒霉，有一天，一道谜语让我们想了很久：一个和尚挑水吃，两个和尚担水吃，三个和尚没水吃。我们争论了很久，我那个时候当然不知道这个谜语的本意，但当时想，如果门槛可使唤的话，那三个和尚就不会没水吃了。

火 药 子

　　小时候为了玩真是想出了各种法子，有些在后来早就没有了，时间淘汰了很多我们曾经无比迷恋的事物，有些就是彻底地消失了。像现在过年前后很多地方禁止放的烟花爆竹，那个时候别说禁止，就是想放也没有钱去买。

　　但孩子在漫长的冬季中会找到自己的乐子，大爆竹和小鞭炮那是稀罕物，能够得到的机会并不多，还有一种现在的孩子也在玩的，就是踩一脚会响的鞭炮当时也有。集市上有便宜的火药纸卖，红色的纸上有一排排药丸一样的火药，剥出来就是火药，这个火药填到特定的工具里才能炸响。也可以把火药放置在石头上，用另一块石头去砸，也能够砸出一声响来。

　　玩火药的工具也有卖的，但质量好像不好，动不动就玩坏了。于是有心灵手巧的大人因地制宜，制作出让我们最喜欢的是枪一样的玩具。那是用自行车轮胎上的钢丝所制作，钢丝与轮胎交接之处的接头，正好用来填充火药。

　　这个装置还需要一根弹簧，弹簧是火药能够炸响的关键：

用弹簧压缩后弹开时产生的推力，把高速的撞针去撞接头凹槽里填充的火药，就会发出啪的一声枪响。如果前面装了枪头，也能把这个枪头打出去，这枪头可能就是一团纸，但威力不大，不会伤害到人，最多只是让人感到一丝疼痛。

枪响时，甚至还散发出袅袅烟气，把这把枪的持有者映照得英武非凡，像极了我们心目中的英雄。由于是冬天，寒风吹得这个持枪者的鼻子下挂着两条黄龙，他一缩鼻子，两条黄龙神奇地回到了自己的巢穴里。

我很羡慕别人有这样的枪，但自己不会做，爷爷也不会，他能够讲故事，也能够给我买连环画买糖，但不会做这种枪。后来拗不过我，看我眼巴巴的样子，爷爷托人做了这样一把枪，于是，我就整天别在腰间炫耀，时不时地填上火药把自己当作是战士。

这个道具很关键，让我在朋友群里有了很高的地位，如果玩打仗的游戏，我能够成为师长而不是小兵：我是一个有手枪的人。

但火药纸有个保存的麻烦，它不能受潮，一受潮，哪怕撞针撞得最厉害，火药也不能炸响了，它的关键部位已经暗哑。

有一次去走亲戚，那个亲戚抽烟，烟盒是铁皮的，我想，这个铁皮盒子装火药是多好啊，小孩子是藏不住心事的，我想要这个盒子的愿望他们一眼看出来了。于是，我得到了一个铁皮烟盒，这个简直就是梦中的弹夹：我把火药提前剥出来，放入铁皮烟盒中，要填火药时，马上就能填，这个简直就是量身定制。

有那么几天，钢丝弯成的枪和铁皮烟盒是我从不离身的，我觉得它给了我勇敢的心。我要当军人，我哭着问奶奶，又把自己想改名的愿望再次提起，为什么隔壁的孩子名字叫红军，而我不是，能不能改名啊？奶奶对我的这种要求推托起来驾轻就熟，说，没法改了，阎罗王的生死簿里都有登记的。

我再次郁闷了好几天。

乐极生悲。我记得是从镇上回家的路上，装了满满一铁盒的火药，用手紧紧握着，不时还打开看一下，但也许是关盒子时火药漏到了铁盒之间：突然，铁盒炸响，就在我的手心。我本能地把铁盒摔了出去，但已经被烈火所灼伤。

那种无法形容的痛，在很短暂的麻木后抵达，皮肤像是清醒过来，锥心的痛让我泣不成声。

当时的情况现在已经记不清楚了，想来是鸡飞狗跳，人的记忆会忘记很多不快乐的事：它不想记起来。这也是生活里的一种本能。

能够记得的是若干天后去外婆家，也就是横河镇。外婆家就近有镇卫生院，当时的手掌心鼓出了很大一个泡，有乒乓球那么大，自己不敢去把它戳破，怕感染了，而抹药膏似乎没用，只是减轻了那种烧灼感。到了卫生院，和很多孩子一样，我也是一看到白大褂就会不由自主紧张，但这时看到医生，更多的是一种有了盼头的感觉：手心带着那么大的水泡，玩起来很不方便。

女医生看了看，拿着聚光灯照了照，用手术剪刀把水泡剪开了。没有一点儿感觉，但水泡里的水流了一小碗，心仿佛一松。然后她给伤口抹上药膏，用纱布包扎起来，叮嘱不要浸水，药膏隔天要抹，防止感染。

几天后，死去的表皮脱落，手心又重新回到了光洁，手又能灵活自如了。这大概是童年时最为惨痛的一次教训，而铁皮烟盒，早被我丢到垃圾堆里了。

但第二年的春节前后，我依然兴高采烈地玩着火药。

纸船飘荡去远方

在我童年之时，对事物有着异乎寻常的执拗，喜欢一件东西常常无止境地想去拥有，有饕餮之念，放不下，即使它们并没有什么用处，但我就是喜欢，比如用纸折出的飞机和船。

纸飞机是当作童年玩具的，它承载着一种隐秘和想象中的欲望：我们对于飞翔的期待。当头顶传来遥远的机器轰鸣时，我们知道，那是飞机掠过，那个时候，在空中飞翔的飞机很少，偶尔会有，那便是我们找到的乐趣之一。一群孩子，会不约而同地从家里跑出来，抬首向天，看着飞机在天空中滑过。

它看起来像是凝固在空中的，但很快就不见了，有时候它会在空中留下白色的痕迹，像是云的亲戚，或粗或细，很久才会消失，有点儿像是蜗牛爬过时的痕迹。飞机快，蜗牛慢，但这两者所留下的痕迹却如此一致，如同呈现出的镜像，这常常让我们想象苍穹之上的世界：千里对它，似乎是短短的一瞬，转念之间。

而船不一样，当时的我已经坐过船了。船上的感觉缓慢而轻盈，那种经验体会起来颇有趣。我坐过的是小船，船舱狭窄阴暗，但对于当时而言，已经是一种了不得的经历了。我能够在村子里的同龄人中有一席之地，多半和这些经历有关，和我有一个远在省城的爸爸有关，因为远，会产生神秘和神圣感，因为有过他们没有的经历，他们便会觉得你和他们有所不同。

对于和自己不同的人和物，我们先天会有一种尊重，这是对距离的隔阂而非亲切，但距离是求索中的引擎，暗示着我们的内心去远方。很早以前，我对于远方的陌生有着难以割舍的亲近感。

姑父来了，他是真正的海员，走南闯北，见多识广。我基本上一年可以见到他一次：过年时，他和姑姑来家里给我爷爷奶奶拜年，也就是女婿给他的丈人丈母娘拜年，但也有不来的年份，如果他正好出海了。

读万卷书，行万里路。他所说的一切是那么瑰丽多彩，等我长大一点儿的时候，我知道有些是在吹牛，当时是没有分辨能力的，更何况他所带来的点心和糖果，都是闻所未闻尝所未尝的，它们的甜美早就腐蚀了我的心。

之前那个潜逃的说书人教过我一种折纸船的方法，而这一年的春节，姑父教了我另外一种折纸船的方法，他教的方法比较复杂。很多年过去，这两种方法我现在已经想不起来了，但按照姑父教的方法折好的船，看起来更加有范儿，它的两端有棚，中间是一个大的船舱。

纸可以用烟盒或者牛皮纸等来折，最好的材料是放在鞋盒或点心盒里的那层衬纸，厚薄硬度刚好，和牛皮纸一样，不会一下子漏水。我大大小小折了几十艘，对于自己喜欢的那几艘，根本舍不得把它们放下水去，而是陈列在柜子上。玩的时候，每次把它们在桌上排开，自己就仿佛是指挥若定的海军司令。

有时候，我会在脸盆里盛满水，把小的纸船放进去，用树枝荡起水波，船荡漾起来，颠沛起伏。但一结束，马上把它们晾干，以备下次继续。如果正巧抓到了瓢虫、天牛等，我们会把它们放到船舱里，让它们替代我们当上了海员，这样，一群孩子的大呼小叫免不了让人侧目。

喜欢的那几艘就让它们驻留在我的"港口"，尽管有些大孩子，包括来我家做客的表哥蛊惑我，说，它们会在洋溪河的河道上远航，像真正的船一样，我想了想，有诱惑，但还是坚决摇头。对于这些纸船，把我守财奴的本性暴露无遗，我是葛朗台，我不允许失去。

百密一疏，有一次在外面野够了回家，照例去巡视自己的"港口"，几艘最大的船却不见踪影，赶紧问奶奶，说大概是我表哥拿去玩了，他正好过来看外公外婆。

在屋后那条宽阔的河面上，我看到了我的船，装着石头，在水面上漂荡……而那些大孩子，兴高采烈地用石片打着水花，当船离岸很远的时候，他们投掷石头过去，他们的笑声跟着石头的弧线起伏，我多么想像他们一样笑，但这笑声中的喧闹刺伤了我，我从未如此讨厌过笑。

那是种巨大的失落，对于我而言，它是一次告别，我开始知道失去的滋味。

而表哥，被我赶回了他自己的家，数里之外的另一个村庄，我不允许他住在我家里，看到他，我就想到我的船。

好在孩子的幸福和烦恼都比成人来得容易，在这年夏天的时候，我开始痴迷在地上挖尚未脱壳的知了，当知了柔弱的身体从泥土色的外壳中钻出来，当外壳裂开，它像是从地下的梦中醒来（当时我并不知道它有长达数年的地下准备期）。

或许我的梦，也就是在这样莫名开始的失落中延伸出来，就像屋顶天窗的光照射下来，像是光的烟囱，因为阳光的缘故，看起来有很多细小的生命在舞蹈，这舞蹈中让我看到自己曾经做过的游戏，那是我对这个世界最初的摸索吗？

三个简单的游戏

我小时候知道蒲公英这种植物，而且觉得很迷人，并不是看到了实物，而是因为故事里有，蒲公英像一把把降落伞随风远扬。但和看到蜗牛不知道这就是蜗牛一样，在田野上看到蒲公英也不认识这是蒲公英。对于这个名字和实际上的植物，认识上常常是脱钩的，在我的想象中，蒲公英应该是类似于小鸟一样有翅膀的存在，所以在它成熟时，种子才可以飘到远方。

等蒲公英熟了，可以摘下来，放在口边一吹，白色棉絮状的种子能够飘飘荡荡远去的时候，我才恍然大悟：原来，田头沟边这常见的有波状齿狭长叶片的野草就是蒲公英。

现在回忆起来，妈妈尽管只有初中文化（时代不一样），多多少少还是有点儿文艺青年的气质的，我对文学的兴趣多半来自她。尽管当时她以应家闸为中心，像一只陀螺一样旋转个不停：上门做裁缝，赚取一点儿辛苦费。妈妈当时说到蒲公英的时候，显得抒情而有哲理，大致意思是，蒲公英的种子就像是一个没有家的孩子，吹到哪里是哪里，但它顽强啊，只要有一点点土壤，它就能够长出来，能够繁茂起来。

那个时候，在楼梯那个圆窗对出去的马头墙上，正有一株蒲公英迎风摇摆。妈妈说这个话是有感触的，她在家是老二，上面有个姐姐，下面还有一个妹妹，三个弟弟，但她的爸爸，也就是我的外公很早就过世了，差不多在她十多岁的时候。我外婆个子娇小，在生活中这实在不能说是一个优点。

妈妈初中毕业，却作为知识青年下放，尽管离自己的老家（她在慈溪横河）并不远，大约五十公里的路程，但在交通不便利的当年，多少有背井离乡的心绪，后来在下放地结婚生子，嫁的虽然是出门在外工作的，但是是吃劳保的，这在当年很让人眼热，她也算是安定下来。

对蒲公英的感怀符合她的心情，但当时一般人是不会这样去联想的，我大约遗传了妈妈这种多愁善感，好在我是男的，在以后的时间中可以慢慢改变自己。

我喜欢把蒲公英放在嘴边使劲儿吹，把它们吹得远远的，直到无影无踪。

相比于蒲公英，对苍耳这种平常的植物我更熟悉一些，因为当时玩得更加多一点儿。我所说的苍耳，特指它的果实，我把它看作是微型的狼牙棒：它的果实成熟时，表皮会有疏松的具钩状的刺，刺极细而直，扔出去，会粘在头发或者毛衣上，很适合孩子相互间的打闹，但又不至于造成伤害。

那个时候，对评书听得痴迷，这是受爷爷的影响。一个半导体的收音机，把它调到固定的频率，在每天固定的时间里，都能听到让人热血沸腾、遐想不已的故事。这些故事都有相似的模式，在当年却特别吸引我：它让我对世界充满了好感，这个世界的秩序是建立在善恶之间黑白分明的。

在这些评书的故事中，作为冷兵器时代的险恶兵器之一就是狼牙棒，好像只有敌对的一方才使用的兵器，比如金兀术。狼牙棒能够击碎人的脑袋，让人脑浆迸流，绝对很邪门，但又让人忍不住生出想拥有的念头。我会用细小的竹竿或者火柴棍穿入苍耳，这样看起来就非常像狼牙棒了。

不过更多的是把苍耳作为暗器，偷偷扔向别人的背后，无论是大人还是孩子，要的就是不被他们所发现，看到苍耳粘在他们的身上，感觉自己赚了多大便宜一样。把苍耳扔到某个人的头发上，这是我当年干的把戏，多半是一个娇气的小姑娘吧，她没发现，因为我扔的动作很轻，看到她戴着苍耳走来走去，会觉得是个了不起的成就。

还能够用细小的竹竿穿起来当作兵器的，就是麻栗果儿，很多年以后，陪儿子看动画片《冰河世纪》时，松鼠斯克莱特的最爱就是它，即使身陷绝境也绝不放弃。麻栗果儿是橡果的一种，很像是小一号的板栗，炒熟了也的确可以吃，很糯很香，但吃多了容易便秘。

用麻栗果儿做兵器，也很简单，用剪刀戳一个洞，插入一根火柴棍或者细小的竹竿，就很像是岳云所使用的大锤了。

和苍耳不同的是，被插入火柴棍或者细小竹竿的麻栗果儿还可以当作陀螺来玩：让麻栗果儿有尖顶的一面立在光滑的玻璃上，用手指一捻火柴棍或竹竿，麻栗果儿就会飞速旋转起来，像是舞蹈。

这个也可以成为竞争的游戏，两个人或者多个人同时开始旋，谁让麻栗果儿旋转的时间长，谁就赢了。

我们总是能够找到乐趣，在玩具缺乏的童年，总能够从身边的事物中打开玩的大门：就像把肥皂放在水中，用一根管子，沾上肥皂水，我们能够吹出亮丽的泡泡来。泡泡在空中飞啊飞，环绕着我们，雀跃、奔跑……但一声断喝折断了这种快乐：作死的，家里的肥皂弄没了！

鸡飞狗跳的日子又开始了。

"斗鸡"中的勇气

在整个院子的中间，是天井，通往天井靠路的这一边，是房子下面平整的大厅，像是弄堂，但弄堂没有它敞亮。很多时候，即使把整个院子放在一起看，如果有航拍的话，我感觉也是一个未成品，或者说，在时间流逝的过程中，它已经不是原来的样子了。

它是我所看见的模样，在我的记忆里它一直就是如此。那块平整之地，晒过谷物年糕，放过板车，杀过年猪，也是聚集在一起聊天聊地的场所，但更多的，是我们一群孩子玩乐的天堂。除了围绕着整个东厢房、西厢房前前后后上上下下捉迷藏，和男男女女一起跳绳之外，在这里最喜欢的就是"斗鸡"，也就是"斗拐"或"撞拐"。

这是一个非常古老、源远流长的游戏，在典籍中它有一个文雅之词：踶，也就是"一足行"，用一条腿走路或以一条腿为支点左右转身。我们用一只脚支撑地面，用双手或单手抱起另一只脚踝将膝盖盘起——金鸡独立，然后单足蹦跳着向前，相互角斗。

传说这个游戏源于炎黄时期，由"蚩尤戏"（即模仿蚩尤头上长角的形象，以角抵人）演化而来，大概是部队里作为训练的一种手段，或者性质上相当于今天的团建。

也有传说它是模仿商羊的"一足鸟"的舞蹈动作，来祈求降雨，这个说法来自《孔子家语·辩证》：齐国有种一只脚站立的鸟，经常飞到宫殿前后，舒展着翅膀跳舞。齐王感到好奇，因为知道孔子博学多才，于是派使者到鲁国求教孔子。孔子说，此鸟叫作商羊，发大水的征兆。他还讲了个故事，以前有儿童有屈起一脚，振讯两眉而跳，唱着童谣说："天将大雨，商羊鼓舞，今其有之，其应至矣也。"

齐王听了孔子的话，急忙让民众治沟渠，修堤防，此后当大雨滂沱之时，诸国水灾，只有齐国有了准备幸免于难。

我也是后来才知道这些的，对漫长的童年而言，和丢沙包、跳房子、打弹珠、拍纸牌、滚铁环、跳皮筋、抓石子、打陀螺、踢毽子这些游戏相比，斗鸡显然更加男性化一点儿：它要有力量，但一味的力量又不够，在冲撞中也要有技巧，如采取撞、压、挑、闪等战术。

撞很好理解，就是硬抗，像山羊跳起来顶架，双方单腿跳着助跑猛地撞向对方；压是利用身高体重和弹跳力好的优势，跳起来用膝盖从上向下将对手的膝盖压垮；挑是将膝关节下垂放低，等对方放马过来时，将膝关节抬起，把对手挑翻在地；闪最为机智，先佯装迎敌，对方气势汹汹冲过来时，突然闪开，对方一踉跄，自己从侧面进攻，很容易就让对方倒地了。

玩斗鸡人多人少均可，男男女女都可以参与，两个人可以玩，三个人可以玩，一群人也可以玩。那些身强力壮的，可以要求一个人对付多人。印象最深的是两种玩法：一种是淘汰赛，两个人角力，输了就下去，换一个人上来继续挑战；另外一种是分成势均力敌的两队，由最为强壮最为高大的两个人组队挑选队员，然后一声令下，两队厮杀起来。

游戏的规则也很简单，只能用膝盖或身体碰撞对方，不允许用手推搡和胳膊肘抡碰对方。在争斗的过程中，如果盘起的那只脚的脚踝或膝盖掉下导致双脚落地，或者失去平衡后一屁股坐到地上的就出局。

这个游戏我在四五岁的时候开始玩起，印象中到读初中还乐此不疲。玩好这个游戏并不容易，在童年时，我大抵就是图个热闹，图个参与群体的快乐，从游戏的本质上去看，它青睐于高大健壮的人，它们有着先天的优势。那个时候，有个半大的小伙子喜欢和我们玩，他常常把一只手背在身后，如果另外一只手脱离盘着的腿，他就算输，但他总是赢。

大厅的角落里，还有稻草蓬堆着，当年的那些喧闹此刻萦绕在我的耳蜗，我好像还能够听见，在时间所荡开的波纹中，那种纯粹的快乐时隐时现。

拍出香烟纸里的那一缕烟

金猴、雄狮、大前门……这些香烟品牌，对现在的抽烟者来说多多少少是陌生的，但 20 世纪七八十年代，它们是嗜烟者手指之间的情人，连带着我们这些孩子对此也耳熟能详。

我们那个年龄，还没有对抽烟感兴趣。在我成年后，有一度抽烟非常厉害，一开始是受到时尚的诱惑，后来有了瘾头。之后戒了无数次，却又一次次复吸，之后的某一天，突然觉得自己不应该被一件东西所控制，而且它明显伤害了我，这样想着很快就把它束之高阁了。有无数次想重新抽它的冲动，一次次克制直至淡漠，戒烟也并非特别困难，而抽烟的借口实际上是不存在的。

上面这些是题外话，在我童年的时候，我所痴迷的一个游戏是拍烟盒：把香烟纸折成三角形，我们可以玩出很多的花样来。因为价值的不同，香烟纸之间也可以交换，我已经忘了当初香烟纸市场的行规，但记得一些规则，比如一张大前门可以换两张金猴等，最具有价值的是中华。

我们那个年龄，所玩的游戏无疑是幼稚的，但沉浸于其中却会乐此不疲，这大概也是性格所决定的。到我成年后回望，我佩服孩子天马行空的想象力。

　　第一种有趣的游戏是在墙上确定一个起点，高度在我们身高的上下，起码是手能够得到的地方。起点确定了以后，先石头剪刀布来确定秩序（这个游戏可以两个人乃至多人，但一般在五个人以下），按照秩序，我们轮流把自己的三角形香烟纸放在这条线上，三角最长的那边必须贴壁，但幅度的大小你自己决定，然后放手：香烟纸飘下来，像一只袅袅飞舞的蝴蝶，它很快就会落到地上。这时候不能动。参与游戏的第二个第三个人继续，直到全部的参与者完成。

　　游戏即将完成，它的规则就是：谁的香烟纸落地远，谁就赢了，道理和青蛙跳一样。而赢者通吃，所有参与游戏的香烟纸全部属于第一名。

　　有一个和这个游戏相似的是玩牛皮筋，用大拇指和食指把牛皮筋团起来，用小拇指扣住，食指可以是伸直也可以是屈起的，然后翻转手掌，像一把枪的样子。然后小拇指一松，牛皮筋弹出。弹出的牛皮筋是圆的，落地时就像一个车轮，但作用力却是反的，它会滚回到游戏者的面前来，离游戏者越近的那一个便赢了。玩牛皮筋游戏时，我们要掌握好力度，要注意角度，玩多了自然就会了，有点儿像后来读书时读到的卖油翁：无他，惟手熟尔。

　　如果两个人玩前面所说的香烟纸的游戏，我们还有一种更复杂的论输赢的方法，每个人要准备多张。当一个人的第一张香烟纸落地后，另一个人的第一张开始，如果这一张飘落时盖住了前一张，一点点即可，那么就可以把这两张香烟纸收入囊中。如果没有盖住，游戏则继续，这个覆盖是很难的，有时候，地上飘满了香烟纸还没有胜者。如果手里的"子弹"用完了，那么把地上的香烟纸平分后继续。

但我们玩得最为热火朝天的是拍香烟纸的游戏，同样也是石头剪刀布定出秩序，输了石头剪刀布的那个人先把香烟纸（折成三角形）放在地上，得找平整的，然后另一个拿着自己的香烟纸，站在边上，半蹲下身，找好角度，把自己的香烟纸狠狠拍下去，像是有着刻骨的仇恨，却是为了把地上的香烟纸翻个身。这个游戏里，如果你拍下的香烟纸被压在地上香烟纸的下面，那么同样也算是输了。

如果翻身了，拍的人就赢了。如果没有翻身，那么轮到另一个拍，这个时候，用力拍下在地上的香烟纸是不能移动的，它很有可能有一角是凌空的，很容易就被掀开翻身。

这个时候，我们最羡慕家里抽烟人多的孩子，他的香烟纸总是源源不断，而我们的欢乐时间，渐渐也就像烟一样稀淡了。在后来，一种印刷品"洋片"替代了香烟纸，"洋片"上印着一百零八将等图案，它的玩法和香烟纸相似，但后来，我们很快又发明了新的玩法。

张飞斗岳飞

大概是某个玩伴走亲戚回来后，突然学会了另外一种折纸的方法。记忆中除了纸飞机和纸船之外，玩得多的纸玩具还有纸鹤，翅膀会抽动，像是在飞翔的姿态，但这个纸鹤女孩子玩得多一点儿。

这个新的折纸折出来的是青蛙，折的方法比较复杂，但孩子对这一切都是学得很快的，重要的是，纸青蛙的尾部，用食指一压，再松开，纸青蛙就会向前蹦跶。这个也成为我们相争的玩具：在桌上画一条起点线，就像我们青蛙跳一样，看谁的纸青蛙跳得远，谁就赢了。

赌注可能是手里的纸青蛙，也可能是打对方的手心。

纸青蛙要跳得远，可能和用来折的纸张材质有关系，它的厚薄、柔韧度等，牵一发而动全身，这些决定了纸青蛙蹦起来的高度和距离。

还有一种是两人头相对，纸青蛙的头也相对，玩的人嘴巴鼓起来，憋足气，吹，纸青蛙在风力的作用下往前冲去，而我们以掀翻对方的纸青蛙为胜利的标准。有的时候，玩的人只有两人，看的人却围得密密实实的。

但纸青蛙和香烟纸的游戏，好像都只是一种前戏，为我那简单而充实的童年生活增加了很多有趣的色彩，而我后来对于历史人物的一些认知，最初是从这里开始的。

20世纪70年代末，也就是我离开老家，因为父亲的原因从农村户口转为城市户口时，集市上有人物造型的贴纸流行开来，这些人物都是系列的，比如从《西游记》《水浒传》《三国演义》《说岳》等在民间耳熟能详的书中走出来的。这个贴纸有它神奇的地方，它是在油性纸上的，在白纸上我们可以把它拓下来，这样很多相关的人物都可以集中在一页纸上，我最早对于人物的认知从这里开始，当然免不了以讹传讹，把很多假的当成了真的。男孩子玩的以武将为主，女孩子玩的则是花花草草、才子佳人为主。

一个最大的笑话就是，我们都把水浒的"浒"念成了"许"，其实那个时候，我可能连"许"都不会念，跟着别人读的。这个读音直到我四年级左右才被纠正过来。

贴纸流行的时间不长，后来就流行"洋片"了。"洋片"这个名词的来源应该来自拉洋片，20世纪30年代流传于乡村集镇上的民间草根艺术，当时电影是个稀罕物，因陋就简，把一些人物组合在一起，拉动时，形成了动画片的效果。洋片就是这种人物的卡片，相当于A4纸或A3纸的一大版，纸张用的是厚厚的硬板纸，大概火柴盒大小的人像整整齐齐排列着。

我会缠着爷爷在赶集时买上几张，回家后要用剪刀或者小刀把这大版的人物切割成一小张一小张的，用牛皮筋扎起来，有些人像多了，相互之间还可以交换。商贩很聪明的，一些重要的人像往往很少出现，在我们的交换中，它的价值就要高很多。

这些人像最先开始玩的时候是比大小，比如宋江相当于司令，而林冲的武力值要高过水浒中大多数的武将，但这样玩容易引起纠纷，因为没有一个唯一的标准。之后便开始和香烟纸一样玩：从高处飘落，或者就是拍洋片，让对方的人像翻身。

但很快一种新的玩法流行开来，和吹青蛙相似，我们把洋片上的人剪下来，然后面对面吹自己的小人，要有裁判，裁判说停就停。停下来时，如果一方的兵器在对方的身上，那么对方就输了。

这个当然讲技巧，但主要看兵器画得长还是短，一寸短，一寸险，在这个游戏中有着确凿印证。到后来，小人儿书中的人物也被我们剪下来，香烟纸上（特定的如老刀牌香烟）的人像也被我们剪下来，加入了这场孩子所发动的战争中，张飞战岳飞的故事屡见不鲜。

这大抵是我离开乡村进入城市的那两年的游戏，玩洋片是我连接乡村和城市之间的一道桥梁，如果没有这个媒介，我都不知道怎么和人交流。从裤兜里掏出洋片，它是我们交往中的一把钥匙，一种相互辨认的符号。如果你给某一个玩伴一张他所没有的人像，你们差不多就有了义结金兰的交情：男人间的友谊，有时候很是简单。

猪尿脬的诗意

现在回想起来，对于当时的孩子来说，一年中最高兴的时间，大概是轮到到自家大院的堂前杀猪。村里轮到杀猪时有一种约定俗成的福利，猪下水就留在出场地的这家了。孩子的兴奋不仅仅因为可以吃肉，在杀猪的过程中，猪尿脬和猪脚蹄都是可以拿来玩的物件。

猪脚蹄那硬硬的角质壳，可以让我们套在大拇指上相互角力，而前者洗一下，放在嘴边吹，能够吹得如同气球一样透明。孩子最喜欢的是破坏：当一个人把这猪尿脬吹得越来越大的时候，猪尿脬看起来几乎就是透明的了，偷偷走近，一巴掌拍过去……总归有期待中的炸裂声响或吹气者的大吃一惊。

后来的孩子玩气球也是一样的，但当时气球对于我们是稀罕物，猪尿脬便成了一种玩具，也有把猪尿脬绑上东西像皮划艇一样抛到河中，然后用石头去投掷，看谁打到的次数多。

除了杀猪，我也见过一回杀牛，不是在自家的厅堂里，而是在村的大操场上。那牛很老实，空洞的眼眶里蓄满了泪水，它的两只前蹄是跪下的，当屠刀刺向它的时候，不知道为什么我有些难受，觉得有一些东西在流走，但晚饭时的牛肉却依然让人舌底生津。

在我孩提时的眼光中，和杀猪杀牛时血腥的荡气回肠相比，更为神奇的是阉鸡，那是一门神奇的手艺：鸡被架在特制的木头架子上，会无力抽动几下，象征性地挣扎一番，而技术娴熟的师傅用绳索绑在鸡肋处，把鸡毛拔掉后，用手术刀般的物件在鸡的肌体上划一个小洞，好像是用毛竹所做的器物撑开后，用带线的镊子探进去，一枚小小的鸡卵便取了出来，然后又取一枚，这鸡卵布满了血丝，精致，宛如宝石，师傅会把它们放在一边的碗碟里，而后把鸡的伤口处理一下，从架子上放下来，有的鸡也许会委顿一阵子，但很快又活跃起来，有的鸡一放下就能够昂首阔步，甚至我记得有把自己身体里切割下的卵啄食干净的。

鸡不知道的是，它的命运在这一取一放之间已经被注定：线鸡。这是通常的叫法，实际上就是鸡太监，它已经失去了引吭高歌的天性。

在往后的阶段，线鸡的成长带着美食者的期待，它的啄食便是对美味的催化，到了年节之时，便是它生命的终结。看鸡被手术时我没这样的感触，只是觉得这师傅手艺神奇，他的动作行云流水，有着沉浸于某项工作中的优雅，"无他，惟手熟尔"（后来读书读到这一句时，偶尔会想起那蝴蝶般上下翻飞的手），但这手熟需要专注和量变后生出的巧。

儿童时的我，对这样的手艺是有一种敬畏感的，尤其当周边的大人不怀好意打量你的裤裆时，那道成人世界的门仿佛一推就能打开。事实上我们也是懂的，在他们用戏谑的口吻说要师傅把我们的也给割了的时候，我们一跑了之，带着对权威的害怕和未知事物的恐惧，而那些血淋淋的鸡卵，放在饭锅里蒸熟了便成为成人佐酒的引子。在他们用筷子去夹鸡卵之时，脸上会浮现出只可意会的神情。

　　那个时候，我很想我长大了就懂了，但时光非常的漫长，我总是长不大。

影子动物园

慢慢就到了近黄昏的时候，当我面朝东边的时候，夕光把我的影子曳得长长的，看起来有些虚张声势。影子曾经让我着迷，我喜欢踩着自己的影子玩，我动，它也动，但因为光线的缘故，我们的动并不完全一致。

和你最亲密的事物都不可能和你丝丝入扣，踩影子玩让我感觉到这种属于人生的经验，但当时只是奇怪：我的影子，从某个角度去看，会比爷爷奶奶的都要大。我把影子当作是一个活的生命，是我个体变化中的一种，影子会和影子说话，影子会和影子玩，这和鸡鸭都有自己的群落一样，和鸟成群一样。

有的时候，我们也会被影子所吓唬，比如云层移动的时候，影子会有意想不到的变化。我把影子当作一种活的生命，可能和奶奶当时的一个举动有关，小时候走路趔趄，但孩子总归是没有学会走就要跑的，喜欢把双手张开，当作自己是在飞翔，这往往就会摔跤。

而倒地了，痛了，便会哭，这是孩子寻求帮助的小把戏，或许也是想找到生活中的平衡。如果是被大孩子欺负，那么出现在面前的奶奶可以呵斥，但现在明明是自己把自己摔倒了，明明是自己被自己的影子绊倒了，守护神一样在我哭喊的时候一如既往出现在面前的奶奶，会狠狠地用脚去踢让我摔倒的地面，用笤帚去打这块地面……往往，这个时候我会破涕而笑，再狠狠踩自己脚下的土地几下，如果有影子，也踩影子几下，我觉得是它绊倒了我。

　　童年时影子带给我的记忆，除了让我去踩去踢之外，还有就是坐在一楼的房间里，玩影子动物的游戏。这个游戏的灵感也许来自晒谷场的电影放映时无意间的举动：如果我们走到放映机前，光会把我们的身体投射到幕布上去。

　　窗户外是晒地，有灯开着，灯发出昏黄而黯淡的光，爷爷奶奶是节俭的，但天黑后，他们总是打开这盏灯。这边临着村里的主路，走动的人多，他们说，灯关了，走路不方便。这盏灯的点亮，带给幼年的我一座影子动物园。

　　动物园的门何时开启的？隔着数十年的光阴，我已经有些模糊，但它当时让我编织出了无数的故事，这动物园的钥匙便是影子，具体来说，就是手的影子。

　　亮着的灯把光洒到房间里，会把人的影子像波浪一样推到里面那面墙上，有一回，也许是外地读书回来的表姐，也许是打工返乡的堂哥或者叔叔，看了看墙上的影子，说，教你玩一个游戏吧。

这是何等神奇的魔术：在灯光下，把双手摆成不同的形状，影子便会出现各种小动物：两只手交叉大拇指勾在一起，一只苍鹰在墙上展翅飞翔；同样，不同的手指和手势下，狗、狼、猪、羊等在墙壁上争先恐后蜂拥而至。

居然用两只手就能创造出这些动物！这有点儿像是造物主的心态，这些看起来或凶猛或温驯的动物，都是我创造出来的。手的灵活性在这时起到了很大的作用，它摆出的造型让我产生了发自内心的热情。

不光我一个人，而是村子里差不多年龄的孩子都会聚集在一起，讨论影子到底是何种动物，因为有时我们就是随意做一个手势，但在光线的作用下，它被敷衍成种种有趣的动物，手指稍微动一动，影子里的动物便会张开嘴，便会展翅，动的是动物的嘴巴或者翅膀，谁心灵手巧，手指的灵活度比较高，就可以在保持造型的基础上做出一些小动作。这些动物有些我们见过，有些可能是出于想象：在一个村庄里的童年，我们并没见过更多的动物。

孩子的创造力是无穷的，我们开始给这些动物配上音，比如狼嚎狗吠，比如鸡鸣鸭唤……我们不满足于单个动物了，于是用两个人的四只手开始表演。

这已经有了皮影戏的痕迹了。手的影子在夜色中飞翔，好像是有了灵魂，尽管影子动物园所呈现的是动物的轮廓：像。但这造型中蕴藏我们所得到的经验，我们对于这个世界最初的认知。

我把这窗打开，让房子通了通气。有些微风，现在，我也是这影子动物园中的一员，当我看到那面寂静之墙的时候，动物园的门打开了。

沿着月光爬到月亮上去

　　这样转悠到了屋后，天井里的那口大水缸居然还在屋檐下，因为前几天是绵绵秋雨，雨水有自然落在水缸里的，也有些从屋檐瓦片上汇聚后落下来的。满满的一缸水，俯瞰中可以清澈见底，当年在水缸里常常会养上螺蛳和小鱼小虾，甚至会有青蛙的扑腾，不知道它是自己跳进来的，还是被人抓进来的。

　　每年清明以后，城里的孩子对水沟里的蝌蚪会有极大的兴趣，用网兜把摇头摆尾的它们从水中捞出来，养到家里的水缸里，我不知道当它们长出脚能够蹦蹦跳跳时，这些孩子和他们的家长是如何处理的。就像很多年前，这只水缸的水只有三分之一左右时，突然发现有一只蝌蚪摇摇摆摆沉浸于其间，也许是某个人把它带进来的，也许是其他我们不知道的原因。

　　就像在稻田的水洼里，我们总能发现各种硬币大小的小鱼，也不知道它们从哪里来的，有一些五彩斑斓，有着长长飘拂的鱼鳍的，也会杂居于其间，后来知道这是斗鱼的原始版。这些鱼从哪里来，我始终不得其解。

水缸里的蝌蚪也是，它慢慢就长出了后腿，尾巴越来越短，越来越不像鱼，头部青蛙的特征明显起来：眼睛开始凸起，皮肤从蝌蚪的黑色变成蛙皮的翠色，但它依然在水中游动，即使前腿也长了出来，尾巴快要完全萎缩了，但水缸依然是它全部的世界。

有一回，大人们在水缸里放了几条钓来的鲫鱼，其中有一条有些变异，鳞片呈现出红色，有点儿像是观赏的锦鲤，也可能就是，或者是自然中的演变，小时候的我哪里弄得清楚。大人们随带着放了一些浮萍在水面上，感觉就像是一个重置了的水世界。

水缸里原来的那些居民，比如螺蛳啥的，好像也没有受到啥骚扰，但它们并不知道，等待它们的将是成为这些新来者的腹中之物。其他如一直在那里的埠鱼、虾等，在放入时搅起缸底的尘土后（像是水下的沙尘暴），很快就安静下来。这只就要长成青蛙的蝌蚪也是如此，但有了浮萍，要出水面时，它不用再趴在缸壁上，而是蹲在浮萍上，像是轻功卓绝的水上飘。

因为那条色泽鲜艳的鱼，那时候我常常跑到水缸前去看，当它们游到水面时，喜欢用手去抓。有一回是晚上，皓月当空，我伏在水缸边缘，那条鱼游弋在缸边，而半大的青蛙（蝌蚪）扑腾一声从浮萍上纵身跳到了水面之下。我突然发现，水里的月亮晃动着，一圈圈涟漪扩散，月亮也起伏不定，但在破碎中又渐渐愈合。

月光照在缸里，像是有了实体，有着一种出乎意料的美。

那个时候，妈妈刚刚教会我李白的《静夜思》，这月光真的"疑是地上霜"。我也许看了很久，也许只是看了一会儿，但我以为时间过去了很久，月光弥漫在水缸里，如果沿着水缸往上看，透过屋檐，在夜色中，这月光像是编织成了一条攀缘的绳。

那只青蛙从浮萍上高高跃起，想要攀着月光跳出这水缸的世界，很快传来水面破了的声音，它又跌回到了缸里。过了一阵子，这样越狱的努力再次上演，也不知道这青蛙最终是否跳出了水缸，反正它最终从水缸里消失了。

跳出水缸的青蛙，它的世界和水缸里的应该不一样了，它要感谢的应该是那一晚皎洁的月光：它是一种唤醒。

这月亮还在水缸底下荡漾，我童年的月亮一直照着我，而它晃动的光晕，像是一道攀往月亮的漫长阶梯，那是我们所遗落了的时光，但其实它一直在的，藏在我们不被注意的地方。

在水缸的边缘，在天井的石板与石板的缝隙里，顽强地长出了一些野草野花，没有人去打理，但它们呈现出勃勃的生机，甚至绽开了小小的花苞。也许过不了多久，它们就会结籽，而那些种子成熟的时候，风就会把它们吹到远远近近的地方。

房屋会说话，这里发生过的一切，就像一张图案：一切已经拼贴完整。时间在后续的完成中，被之前的每一个小点每一个小点所左右，它们没有过重的引力，却一点点雕琢出了我们：敏感、爱、平庸、孤寂等，没错，它们早已存在，像一扇门等待在前方。

我穿门而过。门外，月光像一层雾。

第三辑

拾遗：从沉睡的河水中看见

我穿门而过。生活在继续，就像风随时都在抵达，但童年的这些记忆一直保留在那里，时不时地，它会从沉睡中醒来，仿佛是一道微光，一道有重量的微光，在暗中潜伏着，让我看见另外一个自己：小小的，纯粹的，然后校正着我的今天。很多时候，这种回望呈现出一种靠着大地时的踏实感，一个人的童年在很多时候形成了他一生的重量。就像老宅角落里的稻草蓬，小时候捉迷藏时，我们会在稻草蓬里挖出一个洞，然后藏身进去，外面的人走来走去，却不会发现我们，我们有着一种秘密的快乐。而此时，童年醒来，在我记忆的深处，仿佛他能看见……

一夜到江涨

昨夜风月清，梦到西湖上。

朝来闻好语，扣户得吴饷。

轻圆白晒荔，脆酽红螺酱。

更将西庵茶，劝我洗江瘴。

故人情义重，说我必西向。

一年两仆夫，千里问无恙。

相期结书社，未怕供诗帐。

还将梦魂去，一夜到江涨。

——苏轼《杭州故人信至齐安》

应该是在 1978 年前后，我从这个熟悉的宅院走出，来到杭州，那一年七岁，读二年级（我入学比当时普遍的人入学年龄早了一年），像一只瘦弱而孤独的麻雀，在陌生的环境里惶惶不安。当时住在杭州的贾家弄，这个名字和贾似道没有关系，但依然是杭州很老的所在。因为是转学，附近的小学没有名额了，便调剂去了卖鱼桥小学。

每天天刚蒙蒙亮的时候，父母便会叫醒我，然后背着书包去学校。

从贾家弄去卖鱼桥小学，得翻越江涨桥。翻越这个词没有用错，当年的江涨桥（小时候不求甚解，很多年我一直以为它就是卖鱼桥）如彩虹横跨在运河之上，贯通东西。江涨桥是拱形的，比今天我们能够看到的拱宸桥更显陡峭。

江涨桥的西边就是湖墅南路，当年比现在狭窄得多，如果我记忆没有发生偏差的话，对着桥的就是一家新丰小吃店，略微南边一点儿，有一条巷子，两边有新华书店和浴室，到底是个电影院。

翻过江涨桥去读书，现在想起来就像是一种象征，而当时的江涨桥，仿佛是农贸市场的开端，在桥上，有叫卖的市嚣声。

我当然不会去买菜，但依然要奋力从熙熙攘攘的人群中挤出去，而翻过桥后左转，便是去卖鱼桥小学的路上，也就是今天的大兜路历史街区，那个时候农贸市场热闹得紧。

我像是一滴水在这人间烟火中浮沉，等到了学校，身上也就有了这种烟火味。

在卖鱼桥小学读了一年多一点儿的时间，到三年级的时候，我终于转学到了贾家弄小学，免去了每一天要从市场中穿行的时间，那些小商小贩生动的面容也渐渐消退。实际上，在穿行中，有时候集市中发生的口角会让我忍不住驻足观望：人是多么喜欢热闹啊！

爸爸妈妈当时还是在那里买菜，所以我偶尔还是会翻越江涨桥，那个时候，并不知道这一带在历史上的光影：我走过的那些石板，有可能苏轼等人都曾经踏足过。

记忆慢慢变得斑驳又模糊起来，但从典籍之中，一缕氤氲又渐渐升起：在宋代，杭州城北重要的贸易中心便是在大关桥、江涨桥、卖鱼桥一带，也就是今天的大兜路区域。而明代已有大兜路路名，长 1100 米，宽 5 米，明清时，大兜路区域增设集市，建立官办粮仓，成为杭州城北重要的集市、贸易、仓储中心，运河沿岸都是水陆码头，商铺林立，街市繁华……

民国时期刊物《杭州通》中曾记载："大兜乃湖墅之一小地名也，亦为拱埠往来城内之要口。"1966 年，曾与河塍路、仓基上合并称为"远征路"，1981 年命名为"大兜路"。

据说，大兜路曾被叫作"大斗路"，店铺林立，水果行、茶行、丝绸行等琳琅满目，在它的西边，运河上舟船往来不绝，一片繁华……

我走入了时间中的大兜路。

这一日，贬谪在湖北黄州的苏东坡（正是在黄州苏轼自号东坡，这名字来自他所喜欢的前辈诗人白居易）突然收到了杭州友人的书信，遥望天际，云卷云舒，来自江南的书信仿佛打开了内心的郁郁寡欢，他信笔写下了我放在篇首的那首诗。

江涨桥，想到这桥，杭州的山水就仿佛如桥下缓缓流淌的运河之水，在无形中涌到了苏轼略有些干涸的心田。所谓江涨，是这河道通钱塘江和海，当潮水汹涌时，河道里的水也同样席卷咆哮，这在后世当然是看不到了的。从熙宁四年（1071年）至熙宁七年（1074年）任杭州通判的这三年，对于苏轼而言，是他宦游生涯中比较快乐的几年，尽管也是遭贬，但江南的山水润泽了他。

淡妆浓抹总相宜的西湖自不必说，隋唐之时开凿的运河也让他有着无尽的欢愉。其时在湖墅一带的运河地貌，河滨纵横交错，野树葳蕤，桑榆婆娑，而更让人喜悦的是生活在膏腴之地的友人，他们总是那么善解人意，他们总是那么热情快乐，这和苏轼的内心有着无限默契。江涨桥是苏轼那两年常常要走的，桥东是香积寺，桥西是江涨税务司，这桥是世俗与精神之间一道沟通之门。

河水潺潺，在江涨桥下流过，而不远处香积寺的钟声间或传来，让河道交错中的土地似乎有了生命。苏轼是信佛的，和香积寺的大和尚也多有往来，香积寺始建于北宋太平兴国三年（978年），建寺之初叫作"兴福寺"，宋真宗时，御赐寺名为"香积寺"。

在当年，江涨桥下流淌着的只是运河的支流，纳入视野的是江南的野趣，而河道之间船只穿梭往来，一派繁忙，这里的河道，是杭嘉湖一带的佛教信徒到灵隐、天竺朝山进香的必经地，在北宋初年建成的香积寺想必也是善男信女的聚集之地，按照《西湖游览志》和《武林梵志》记载，当时寺门前的大运河，每天千余船只往来交通，晚上灯烛通明。

写到"江涨"两字之时，或许苏轼会想到王朝云，这个秀外慧中的女子，是他在任杭州通判时带回家的，当时只有十二岁，在一个歌舞班子里。在后世的传闻中，那"欲把西湖比西子"的诗其实就是写给朝云的，苏轼见到朝云时，大抵是滋生有一种大叔"洛丽塔"般的情结，或许带有一点儿如同看女儿的青睐。事实上也是如此，朝云真正成为苏轼的侍妾，是他贬谪到黄州后的事，已经是六年以后了。

两人相处中日久生情，苏轼也并没有看轻朝云的意思，他的学生秦观等人都有诗词写给朝云。六年过去，当年十二岁的少女，如今已是明眸善睐的姑娘，但依然乖巧伶俐、善解人意，难得的是，苏轼时乖命蹇，她却始终不离不弃。

朝云笃信佛教，苏轼亦然，朝云追随苏轼的脚步，或许便是从大兜路走到香积寺上香的。

而我那个时候从江涨桥上远眺时，小小的身躯，会想到的便是姚江边的小村庄。

"北城晚集市如林，上国流传直至今。青苎受风摇月影，绛纱笼火照春阴。楼前饮伴联游袂，湖上归人散醉襟。阛阓喧闐如昼日，禁钟未动夜将深。"

这是明人高得旸在《北关夜市》中所描绘的，说的就是元代以来在湖墅一地形成的夜市，当时最闹猛的市场正是在北新关、湖墅（俗称湖州市）一带，包括了今天的大兜路地域，和现在的夜宵经济仿佛，"夜则燃灯秉烛以货，烧鹅煮羊一应糖果面米市食""官商驰骛，舳舻相衔，昼夜不绝"。

南宋初年，吴曾在《能改斋漫录》中记录了一阕写在江涨桥附近的《玉珑璁》的词。在说这词之前，对吴曾略做介绍，因为对其的评价比较复杂，"禀性聪慧倜傥，有抱负。15岁时肄业于太学，值金兵南下，携书归"。之后应试不第，到了绍兴十一年（1141年），献所著《春秋左传发挥》等书给秦桧，以布衣特补右迪功郎（一说得补洪州赡军酒库，改都大司检踏官）。

到了宋孝宗继位时，认为吴曾博通天人，可放外任，但受种种阻挠。从靖州知州、全州知州、严州（今浙江建德）知州等任上转来转去，但因为居官严正，地方官吏对其多方排挤中伤，后辞官归家。

这样的一个人，如果不放在他所在的时代背景下，我们很难去定义他的人品性格，而他所著的《能改斋漫录》一书中，史事异闻，诗文曲故，名物制度，广征博引，在南宋笔记著作中堪称佳本。

其中提到《玉珑璁》这阕词的故事大致如下，南宋定都临安后，江涨桥周边徒然兴旺起来，成为声色犬马之地，有一个无名氏狭邪之游后，有所感赋词如下：

城南路。桥南路。玉钩帘卷香横雾。新相识。旧相识。浅鏧低笑，嫩红轻碧。惜、惜、惜。

刘郎去。阮郎住。为云为雨朝还暮。心相忆。
空相忆。露荷心性，柳花踪迹。得、得、得。

这士人的名字没有留下，这阕词却因为《能改斋漫录》的
记录流传到了后世，写的就是迎来送往的神女生涯和一种人世
的惆怅，但悲哀的是，当时的环境是南渡之后，暖风已经吹得
游人醉了，但能够醉了吗？

故事没有结束，士人之后去了北方，北方是沦陷区，去了
就回不来了，和他一起玩乐的友人写诗寄之，并附上龙涎香：

江涨桥边花发时。故人曾共着征衣。
请君莫唱桥南曲，花已飘零人不归。

士人得诗后酬寄说："认得吴家心字香。玉窗春梦紫罗囊。
馀熏未歇人何许，洗破征衣更断肠。"

这大概就是一个大时代里民众生活的真实际遇，而这种
悲哀和浮世中的及时行乐心态，贯穿了南宋一百五十余年的时
间，犹如运河水的荡漾，有时我们能够看见自己的面容，有时
我们看到的是浑浊。

就像我当年去上学时，如果下雨，会在那些翘出的屋檐
下躲避，当年并不觉得那屋檐的实用，但现在回望，江南的缠
绵之意尽在其中。

浙江一地，物资丰美，素有"甲天下"之誉，四方商贾皆云集于此。这在明清的白话小说中可见端倪，像吴敬梓的《儒林外史》中，第十四回"蘧公孙书坊送良友　马秀才山洞遇神仙"写到的马二先生，一个久试不第的科举中人，年纪大了，还没有找老婆，囊中羞涩，但男女饮食的欲望一样不少，在后世，他是"酸户头"的典型形象，他到杭州，坐的就是船，从湖墅的河道上逶迤南行，书中是这样写的："……马二先生上船，一直来到断河头，问文瀚楼的书坊，乃是文海楼一家，到那里去住。住了几日，没有甚么文章选，腰里带了几个钱，要到西湖上走走……"

其他如《欢喜冤家》等白话小说里，出现运河这个形象的次数和频率更是比比皆是，作为运河上当年著名的桥梁之一的卖鱼桥，今天仅仅剩下了一个名字，但在南宋时，它叫归锦桥，横跨余杭塘河。因此地为鱼市所在，故民间俗称卖鱼桥。民国十六年（1927 年）卖鱼桥改建成混凝土平板桥。1953 年和 1966 年两次重建。1996 年，湖墅路拓宽此桥整体拆除重建，桥面成通衢大道。

在明清时，卖鱼桥一直是城北闹市水陆码头，往来舟楫聚泊于此，米店、鱼行众多，商贾云集，集市兴盛，是"十里银湖墅"的中心。而过了江涨桥的大兜路，也一直是运河杭州段商业的中心地。

今天改造后的大兜路，和我少年的记忆有似曾相识之处，比如狭窄的弄堂、天井和院落，又比如江南的黑瓦白墙，当然也有些场景化的小品，展现大兜鱼市热闹交易场面，有渔夫捕鱼、搬运鲜鱼、讨价还价等，像是时光里的印痕，重现出湖墅八景中的"江桥渔火"美景。

香积寺的恢复同样令人欣喜，毕竟还有一座石塔尚存，而位于大兜路中段，南至仁和仓南弄的仓储文化风貌保护区，在不改变总体环境风貌基础上，更新改造杭州电线电缆总厂（原国家厂丝仓库旧址）部分工业建筑，增设商业、餐饮设施。

历史风貌尚存，但又推陈出新的老街区，是我这些年喜欢徜徉的，有时候像是打捞记忆里的碎屑，那些朦胧的气息，就像这里曾是杭州鱼市、米市、纸市、水果市等的交易地，它们都叠印在时间的迷宫里。

许多年前，一个小小的少年，背着重重的书包，努力翻过江涨桥。

风吹来，少年便沉没在风中。许多年后，他遗憾的是，那个时候的江涨桥湮没了，好在香积寺的梵音会依稀传来。

客向西山思井旧

能够躲过时间的填埋而留存下来的井，不得不说是一个小小的奇迹，尽管在大地上这有点儿年头的井还有许多，但对于个体的井而言，它能够留存却是不易的。要知道，瓶窑老街原有井在十八口以上，现在能够找到的已经寥寥无几。

这条老街很像是我记忆里的陆埠镇，只是如今距离我的村庄更远了。小时候想看到井要到镇上，村因为挨着河，是不用掘井的。

瓶窑老街上的井叫八房井，在茧站所改建的桑蚕文化展示馆边上，一条僻静的小巷角落，井以当地大姓八房曾居住于此得名，打开井盖，井沿是新修的，但井口蛛丝密布，宛如岁月之镜：其实井里还是有水，也能汲水，但现在家家户户都用自来水，谁愿意打井水饮用呢？

就像这曾经的茧站，改建成桑蚕文化展示馆后，原来普通的一些物件便突然有了文化的意蕴，连当年写三班倒人员名单的小黑板也具有一种魔法般的说服力，原来，人们生活在那样的一种秩序里，仿佛时间所敛结的茧，而飞蛾早已脱窍，换了灯火去扑。比如古人叫瓶窑为亭市，《太平寰宇记》载："亭市村人悉作大瓮。"宋代亭市山南麓建窑制陶，始称窑山，但现在如果你说去亭市，人们大抵是茫然的，有这样一个地方吗？还有这样一个地方吗？

近三十年前，因为生计上的原因，我是时常要路过瓶窑的，从杭州坐一个班车过来，摇摇晃晃一个多小时吧，到了瓶窑，再转农用车到潘坂等周边乡镇。现在想来却有些后悔，那个时候对瓶窑兴趣泛泛，对它的观感停留在一般的江南古镇上，当然，历史上它很有名，但那时对历史并没有太多的兴趣，倒是对流经小镇而过的苕溪水道颇觉惊艳，有着自然和未尽雕琢的美。后来知道，这蜿蜒的苕溪，一直以来让瓶窑成为老余杭、临安、昌化、於潜、安吉等县山货的集散地。同时，因为处于浙西北进杭通道，历来也是兵家必争之地。如果时光倒流，以今天我的兴趣和阅历，想必是会在瓶窑寻访一番的。

这就像在河道上看到一只展翅之鹭，我说，白鹭，仿佛是我童年时看到的那只，简直一模一样，而事实上是，它们全然没有联系，也可能有，却是我不知道的。

从冷兵器时代到了现在，这战略的意义于我，大抵就体现在近三十年前那会儿，它是我的一个中转站。而现在想想，事实上我是经历了瓶窑其战略位置的余韵，现在，还会有谁把这里当作一个中转站？但却会当作是一个目的地，一条短时间内抵达江南文化的通道，更何况它还可以一直延伸到五千年前人类文明的疆域，良渚文化已成为世界文化遗产的组成之一。

桃作为桃而结果。瓶窑老街在每年的七月会喧闹上一阵子，这是瓶窑周边漫山遍野的植物之礼，当它的战略位置被弱化以后，便会以另外一种形式呈现出它的价值。撇开良渚遗址不说，瓶窑的窑山，是唐宋时的窑业遗址；瓶窑的南山，元代的摩崖造像是全国重点文物保护单位；瓶窑的西险大塘，是杭嘉湖平原防洪的西部屏障……而瓶窑的大观山水蜜桃，是在和平时代这片肥沃的土地所能给予世人的甜，它也许能够让人忘记曾经发生在这里的战争。正如黄梅天时，苕溪的汛期到了，这溪通太湖，一到汛期，太湖的鱼群开始发情，并逆流而上，而苕溪之上，鹭鸶在渔民的调教下，枕戈待旦……

这是一个能让你感觉到生活气息的世界，迷醉而恍惚，瓶窑老街上的一个重要地名叫作磨子心，顾名思义，这个地方像一座石磨的中心。而石磨磨动的是什么？是人心，是时间，或者是川流不息的溪水？

"客向西山思井旧，莫教浔鸟见人飞。"曾经从瓶窑走出去的盛度写过这样两句诗，生活在北宋初年的他数度起落，以知枢密院事行宰相权，最后以太子少傅致仕，到了他的这个位置上，说阅尽人间繁华并不夸张，但他诗句中有着泉水之思：那口连着家乡和内心隐秘之地的老井。

我向这幽深的井底探头看去，蛛网之下，水依然清澈，而我并不能看清自己的面容。在我们不知道的地下，以前的那十八口井的水脉依然相连，这水脉也和苕溪相连，想必也和太湖，或者远方的大海相连。

很多年以前，爷爷拉着我的手路过某口井时，我固执于去探看井底，爷爷是紧张的，怕我掉下去，紧紧拽着我。我疑惑于这井的深处通往哪里，现在想来，它一直都在。

穿越秋日的浓雾

秋光短促，寒露之后有斑驳

仿佛虫的振翅在渐渐衰弱

如果你仔细听：几声长，几声短

长的并不绵长，短的也不局促

就是风的韵律，摆动、摆动

锁在风中的肉体，锁在肉体里的灵

——节选自《蚱蜢之秋》

这条古道就舒缓在我们的眼前，逶迤着深入到一种寂静，秋风的沉溺中，偶尔一声的鸟叫是一种提醒：提醒我们这里难得的寂静，寂静到仿佛是另外一个世界的门。这古道保存得完整，古意苍茫，向导说以前是青田方山一带的人出城必经之路，崇山峻岭中的人从这古道翻山越岭到温州。

我们正好是相反而行，坐车到奇云山临瓯海这一侧，大抵已经接近山巅，海拔 1200 多米对于江南的山水而言足够高了，而后从这侧往西北方向翻山而下，也就是从温州步入丽水。这地域概念当然是我们的执念，山水就在那里，并不俯就我们，而是像我们这样去就山就水。早在 1500 多年前的南北朝，此地属于永嘉，太守谢灵运是汉语山水诗的开创者，这古道想必曾经也是走过的。

而我们今天的行走，是不是一种接近，或者是对山水的沉浸？

这一天正在寒露节气的前几日，空气从夏日的轻薄逐渐变得晦涩，古道两侧有些野菊小小地绽放，如翁郁植物世界里的一种低语，恍惚是这个季节的省略号。农历九月又称菊月，菊是这个月的符号，我偏爱于在荒僻处摇曳的野菊，不张扬，但自有其圆满之处。

越高，山渐渐低矮下去，而天渐渐空旷。与山水的默契是东方文化的精髓之一，奇云山古道的漫游可以看作是唐诗之路的衍生，唐诗，在我看来是一个泛指，是指我们看山看水的角度和内蕴。

从我识字之初，对唐诗宋词的背诵便没有停止过，有很多是自发的，也有出于长辈的要求，而我从心里为了讨好他们，但很多年以后，这些成为我的本能反应之一：在某些场合和环境下，总有一些诗句涌上来。

"几向霜阶步，频将月幌褰。"唐代诗人李商隐的两句诗在又一个山道的转折处时，从我的记忆里突然惊醒，少年时对古诗词的热爱非常有趣，那个时候一遍遍把它背出，但有一阵子，它们好像脱离了你，你曾经背过的那些诗句变得模糊，甚至以为遗忘了，却突然会在恰当的时候苏醒过来，让你有意外的惊喜，它们是我们文化基因中不可或缺的那部分，就像童年的一些记忆。

走了一阵子以后，身体上的缘故，看似平缓的古道显得陡峭起来。每每以为已到峰顶，道一转折，便又在途中，而手机的信号早已消失。群峰之上正是秋天。

古道十八折，又过一转折，终于到了山巅，别有天地中让人惊喜。巨大的高山草甸呈现在眼前，平整而广阔，草叶都已枯黄，在风中瑟瑟抖动。我后来查资料得知，这草甸有六平方公里左右，让人稀罕的是，在草甸的中间，蜿蜒着一条狭窄的溪流，溪水潺潺，更加衬托出高山之巅的安静。

草甸里因为昨晚的秋雨，略有些泥泞，倒让人想起古人对于这个时节的一种说法，颇有神秘的气息，古人以为，到了寒露以后，"雀入大水为蛤"。这就是说，此时鸟雀坠入大海化为蛤蜊，从飞物化身为潜物。古人也许视野局促，但想象却瑰丽，他们对于未知的事物有着神秘的解释，而寒冬将临，原本活跃的鸟雀突然间就隐匿不出，在想象中，那是猫到了海底化为蛤蜊以御寒。

这草甸的景色很让人陶醉，浑然不似在千米之高。江南海拔低，通常只有数十米，与奇云山两者间的相对高度是实实在在的。

草甸之侧，白头的蒹葭飘扬，光影斑驳，思绪飘忽，这水生植物葳蕤在高山之巅，是造物的一种惊诧，时间雕琢出了这些独特的地貌，让我们在沉浸的同时大为感慨。

此时起雾了，在空旷的草甸上，那些在风中俯首的草叶焦黄，而草叶之上，云雾滚动，犹如羊群在走。雾本是无质之物，此时却有形，桑德堡的那首《雾》在这里触手可及："雾来了，/踮着猫的细步。/他弓起腰蹲着，/静静地俯视/港湾和城市，/又再往前走。"

远一点儿的地方，有几株我叫不出名字的树已经抖落了一身的叶子，在天地辽阔中显出那稀疏之美，它们比我们更能感到寒冷的侵袭吧。在人的中年，也许也会起雾的，到了一个高处，年龄、精力等，会在我们的身体里布满了雾气，有着朦胧而不可言说的畏惧。

于是便看到了那湖，起先是犹抱琵琶半遮面，湖边的树妖娆多姿，像是朝我走来，到湖边却是遗憾的，因为雾愈加浓烈，像是在整个湖面上徜徉，我们能看到的就全部是雾。

按照我们古老的智慧去看，世界分为阴阳两界，两界相互交杂，怒而为风，乱而为雾。《礼记·月令》里这样解释乱：冬行夏令，则氛雾冥冥。这就是天气错乱，"天气下，地不应；或地气发，天不应"。而"雾"字下面在繁体字里的"務"，就是强调矛盾的矛，表明事务都是角力的结果，其过程为昏，到最后云开雾散，才是清明。

我不知道这湖面的大小，迷雾会带来错觉，那往往是悲哀的。这湖叫作龙母湖，边上有个龙母宫，我们在龙母宫中坐了会儿，喝茶，管理的是一对农民夫妇，有着天生的热情，拿出他们的糕点和水果招待。

我坐了会儿，聊了会儿，又倾听旁人的对话之余，有些百无聊赖的意思，就出门转了转，雾气未消，像是一种有重量的实物，但近岸的水可以看见，居然有几尾方山符号之一的田鱼悠闲游动，那夫妇中的妻子正好走过，说这鱼不会远游，每当开饭的时候，它们就会聚集在岸边等待米粒的撒下。

也是巧了，在我们欲走之时，不经意回头，雾气突然一收，整个湖短暂地出现在我们面前，湖水盈盈，秀丽可亲，而就在我们欲要细细斟酌之时，雾气又铺天盖地席卷而至。

"裹粮杖轻策，怀迟上幽室。行源径转远，距陆情未毕。……颐阿竟何端，寂寂寄抱一。恬如既已交，缮性自此出。"这是谢灵运的《登永嘉绿嶂山》，我此时强烈地怀疑这首诗是不是写的就是奇云山，但应该不是，根据记载，绿嶂山又名青嶂山，上有大湖，这和奇云山是类似的，而这湖，该是地壳运行中火山口所演化而来，火和水，在这里就像阴和阳的拥抱。

谢灵运之所以被认为开山水诗一代诗风，大概是因为他把自己的性情融入了这山水之间，"恬如既已交，缮性自此出"，我们对于山水的所有期待里，这才是灵犀一线的默契。

正如这湖，适时为我们撩开了面纱，但就那么一会儿。

"孤鹤不睡云无心，衲衣筇杖来西林。"

龙母宫主人养着的两只鹅高亢的叫唤声，让我想到的依然是李商隐的两句诗，这些场景总是唤起内心的那种叫作乡愁的东西，尽管它已经越来越稀薄。

而在经历了浓雾的阴霾之后，才是登高的开阔，正如寒露之后就是重阳，九九归一，重阳就是在九重天上，而只有登高望远，心智不再改变，九转为美玉之玖，那么再不可逾越。

从龙母湖走到靠近方山的这侧，仿佛是两个天地，还是那条古道，但视野中有着高处俯瞰的愉悦，方山整个犹如盆景出现在我们的下方，秋色的缤纷在这种俯瞰中最为明显，收获或凋敝，其实都是在这一瞥之间，却耗尽了一年的时光。

从山下回头望，山影巍峨，李白的"天姥连天向天横"放在此处极为恰当，猛然叹了口气，天！这是我们刚刚翻越过来的？

如果不是那个憨厚的向导在我们询问时说，大概四十分钟可以走完全程，而我们实际所耗费了三个多小时，我相信有很多人会选择浅尝辄止的，但到了后来，尽管疑问越来越深，尽管真相毕露，我们却没有更多的选择了。

有些路，便这样走了过来，起初是不知不觉的，等到明白过来的时候，却已经骑虎难下，那么，便一路走下去吧。

当筷子敲打碗碟发出清脆之音

绘画是一种记忆，带着当时的气息和可以想见的场景，比如赫赫有名的《韩熙载夜宴图》，南唐画家顾闳中的名画，起因是后主李煜想了解韩熙载的夜生活，后来存世的这长卷却为我们吹来了当年的一缕夜风：韩熙载及几个明显是贵族子弟的，或坐在床上，或背靠椅子，他们视野的落点，是琵琶女绰约的身姿，仿佛音乐就要从这画面中氤氲出来。

有趣的是，他们并没有像我们想象中的放浪形骸，甚至有一点点的拘束，就像他们面前摆放着的小桌子（在考古出土的壁画、画像砖等物件上，我们可以看到《韩熙载夜宴图》般一人一案的宴饮场面，宴饮不是许多人围坐在一起。可以想象一下汉语中大摆筵席的来源：人们席地而坐，小食案在他们的身前，席子外的地上还有那些笨重之物。就像《周礼》说的："设席之法，先设者皆言筵，后加者为席。筵长席短，筵铺陈于下，席在上，为人所坐藉。"），果品和佳肴盛在八个盘碟中，每人都有完全相同的一份，碗边还有餐匙和筷子在内的一套进食器具。在这种宁静却不能致远的氛围里，座中人那种在时代中的焦灼心绪显山露水。但在千年后的今天看来，却带来一个非常有趣的话题：分食制。在晚唐五代之际，人们围坐在一起，但食物却还是一人一份。

没有我们想象中酒池肉林的奢靡，即使如韩熙载这般的贵族，从画面上去看，士大夫的优雅尽显无遗，生活是一种优雅，而不是浪费。

餐桌文明可以追溯到很多年以前，就像《史记·孟尝君列传》中的一个小故事：孟尝君对投奔于他的数千食客，均一视同仁，并和自己吃穿的标准一致，有一次有个性格刚烈之士投奔于他，宴请时，因为灯光的关系，性格刚烈之士误以为孟尝君吃的和他不同，否则为什么要把自己的餐品隐藏在暗处？他觉得孟尝君是个伪君子不值得托付，就要起身离开，但孟尝君是个多么聪慧的人啊，赶紧端起自己的饭菜示意，原来都是一样的饮食。这个性格刚烈之士却觉得羞愧了，当下自刎谢罪。

当我们从这样的时间线去梳理餐桌文明的起伏时，会发现，今天所认为分餐制的文明实际上并不尽然，合餐的合理性在于它强调了一种人与人之间的平等，尽管我们赴宴时，主位和客位依然是讲究的，但在一个桌上，在食品上的歧视却不存在了。我们花很多的时间走到这一步，然后发现它的不合理之处，现在，我们又想着去改变它。

"天子九鼎，诸侯七鼎，大夫五，元士三也。"按照《公羊传》的标准，饮食标志着人的等级和身份，到了秦朝，《传食律》中依据官员身份供给饭食的法律规定中，连酱料配给都标明得一清二楚。

这可能跟当时社会的经济发展和科技能力相关，事实上，对于经济的冷暖，我有过这种切身的感受。大约是在三十年前，彼时刚刚成年的我，在古荡粮站站过一年左右的柜台，当时的粮食已经放开供应，但晚米却依然是有限额的，大概是生产的量少。记忆中，当时的米就分早米、晚米和杂交米三种，没有现在的五常大米等说法，现在那些有机米卖到五十元一斤在当时大抵会当作是天方夜谭。

当年李斯所最想成为的硕鼠，在粮库里是最为常见的，窸窸窣窣的声音，是它们在奔跑和爬动。因为守着粮库，硕鼠是肥胖的，曾经发现过一只如半大猫大小的老鼠。奇怪的是，当时在墙角的破洞里发现过鼠窝，我们挖进去发现里面储藏了一堆的大米。当时的我百思不得其解，明明守着这么大一个粮库，为什么还要当搬运工呢？也许老鼠就是要爱大米的。

年岁渐长，阅历日增，对于当年在粮库发现的老鼠突然有了理解，经受过饥馑生活的人，哪怕只有不多的几顿，它都会伴随在肉体的记忆里，直到成为一种本能：去未雨绸缪，去备战备荒。

早米和晚米，在粮站，就是一道界限，早米和杂交米是可以随便买的，而晚米必须按量供应。后来，迅速发展的经济让人们有了更多的选择，正如食材与烹饪方式的多元化，正如各大菜系在杭州这座城市里的碰撞。

餐饮江湖成为一个有趣的所在，而饕餮之徒就像是滚过餐桌的火焰。

吃成为一种文化，但"见山是山，见水是水"的三段论依然是成立的，我们吃，在能力范围里可以挑选，但我们不能浪费。

从分餐制转入合餐制的起始，依然是带着歧视的，南宋的陆游在的《老学庵笔记》中说，北方民间有红白喜事会食时，有专人掌筵席礼仪，谓之"白席"。白席人还有一样职司，即在喜庆宾客的场合中，提醒客人送多少礼可以吃多少道菜。

这个和我们今天所理解的礼仪似乎南辕北辙：人情社会不是礼轻情意重？人情社会不是要照顾面子吗？不，估计是拘囿于当时的经济发展水平，以随礼的多少来吃多少道菜看起来有点儿苛刻，事实上却是合理的，酒席可以做到统筹安排。

实际上，近年来在外就餐时，我们提倡吃不完打包带走，但在合餐制的环境中，除了少数例外，一般是很难打包的，这也无关面子问题，只是单纯地觉得不合适。我们的餐饮文化讲究色香味形俱佳，一分餐好像就要七零八落了，但事实上也并非不可做到，就像饭店上鸡煲或鸭煲，带上来让你看一眼，而后到边上做完切割再上桌，分食完全可以这样做到。

说一个历史上因为分食制带来的趣事，南北朝时候，陈朝国子祭酒徐孝克，在陈宣帝宴饮时，看着不曾动筷子，他面前食案上的肴馔却魔术般地减少了，原来徐孝克把食物悄悄置于怀中，散席后带回家孝敬母亲了。陈宣帝大为赞叹，以后御筵上的食物，凡是摆在徐孝克面前的，都可以大大方方带走。

这或许是分餐制带来的美德传奇，如果是在合餐制的觥筹交错下，徐孝克总不能把同僚们的残羹冷炙带回家孝敬老母亲。从节约的角度而言，分餐绝对优于合餐，而我们期待交际中的热闹场面，实际上在《韩熙载夜宴图》中已经浮现出来。

仿佛梭子纺着时间的风

　　织里这个名字让人想到的就是机杼声，甚至在听到这个名字后，我们可以闭目遐想一下：星罗密布的江南河道，繁茂葳蕤的桑榆之枝，如果此时夕阳西下，纵横交错的河道间，桨声挂上耳朵，回家的愉悦可能充溢于内心，像视野中的平原，有白鹭和喜鹊以它们飞翔的姿态生动点缀着。

　　如今的织里，同样以纺织闻名，20世纪80年代初，织里镇几乎家家户户都会做床罩、被套和绣花枕套，当地民间有"在家一台洋机绣枕套，在外一人挑担跑买卖"之说。到后来，市场越来越专业化，或者说是差异性竞争的结果，织里的童装日渐闻名于世。

　　尽管到湖州多次，但织里却都是擦肩而过。我是把它想象成和我童年时寄居过半年的塘栖一样的古镇的，有老街，有古桥，有峭拔之树，也有深宅大院……更何况这里还是明末那个拍案惊奇凌濛初的出生地。遗憾的是，也许是织里在时间中走得太快，快到需要我们的灵魂等一等的时候，这也是很多发达地区在时间中的两难境地：它被封存于时间中，像是琥珀，栩栩如生，却不能自由出入。

这大概也是织里现在打造老街的根源，能够留住一点儿往日的气息，从五溪漾清澈的水面上，我们或许可以看到时间的涟漪。

事实上，很多时候我们的想象充满了幻觉，就像织里这个名字，当我们从时间的深处去挖掘它的时候，这是多么南辕北辙啊！我以为织里缘于这里是桑榆之地，但其实不是，织里古称"职里"，早在宋末元初，牟巘撰写的《朱雪崖朝奉墓志铭》中，就有"（朱雪崖）以乙巳正月廿六日癸酉，葬于东职里余庆之原"的记载。而"织里"作为村名正式载入地方志，是明崇祯的《乌程县志》，位于乌程县十一区三十二都。光绪《乌程县志》记载时加有备注，"织里"亦作"职里"。

一个很可能的事实是，职里职里，当人们这样叫着，耳朵里传来梭织的阵阵声响，于是以讹传讹，一只耳朵一只耳朵地传下去，在隔了数只耳朵的距离后，便成了织里。

这当然只是我的推测，时间的消磨让一切变得模糊而暧昧，像我们行走在老街的地面上，那些植物用葳蕤之态表明它们的坚韧：它们是老街的过去和未来之间的节点，一个短暂的休止符。其实如果可能，在未来，千篇一律的绿化植被中，可考虑保留一点儿荒芜之地，就让它们野生野长着，就像是原始森林，本地物种的自留地。这也许是我的奢望，其实不只是在织里，当我在江南水乡漫游之时，无数次会涌上这样的情绪，这也让如今的心态里，看到一株狗尾巴草都会觉得摇曳得如此优美。

这是我乡愁的无端，它藏在身体里，既不讲道理，又似乎很有根源。

就像在五溪漾边的码头上，突然想到凌濛初（1580—1644），这个生活在明末的文人，几乎是一个悲剧。他的悲哀在于时代，人无法选择时代，尽管才华横溢聪明绝伦。凌濛初的拟话本小说集《拍案惊奇》初刻与二刻，至今看来，还是汉语古典短篇小说的典范，题材多取材自《太平广记》及《夷坚志》等旧籍，这和当代小说家中的戏仿一路的写法极为相似，和博尔赫斯、卡尔维诺等作家的小说也有异曲同工之处。

凌濛初的写作和取材，实际上有他不得已的地方，因为当时所见的宋元旧本，已被冯梦龙"搜括殆尽"，剩下的"沟中之断芜，略不足陈"，所以他只能"取古今来杂碎事，可新听睹、佐谈谐者，演而畅之"。

换句话说，大路被人走尽了，我只能另辟蹊径。

本来做个商人和文人也挺好，但终究有着济世之念（这是中国文化人的另一个乡愁，这里不展开说），到了花甲之年，尽管乡试落第，却以副贡资格选得上海县丞一职。任职期间，曾代理县令八月，"催科抚字，两无失焉"（《墓志铭》）。办理漕运，输粟入都，圆满完成任务；又署海防事，创立井字法，清理盐场积弊，屡受上司嘉奖。

六十岁上岗，屡屡展现了他的经世才华，三年后，升徐州通判，分属房村，治理黄河。凌濛初和明末名将何腾蛟交好，何奉命围剿"流寇"陈小乙时凌濛初上《剿寇十策》，并单骑赴陈小乙军营游说，使其与扫地王等率众来降。凌濛初的胆气和能力可见一斑。

但在崇祯十七年（1644年）六十五岁时，"流寇"攻打房村，凌濛初率百姓死守，因无外援，最后吐血而死，死时三呼"无伤吾百姓"。

两个月后，崇祯于煤山自缢身亡。

这样的一个人，我们去看他的时候，因为隔着时间的帷幔，仿佛雾里看花，但可以想象一下当年，他每每在五溪漾的码头登船，五条溪有着不同的方向，每一次都只能去一个方向，最终他选择了自己的方向。在利济寺后，现在有他的纪念馆。

梭子纺着空空的风，那天在织里突然就想起爱尔兰诗人叶芝的这句诗，梭子是用来引导纬纱的，当经纱以平行的状态排列在织机上，梭子就要带动纬纱穿过上下层经纱，这样才能形成经纬纱交织的状态。而在这状态中，有微风掠起，宛如时间，和时间里深远的微响。

农　事　诗

四海张颐望岁丰，此花不与万花同。

香分天地生成里，气应阴阳子午中。

顷顷紫芒摇七月，穰穰玉糁杵西风。

雨旸时若关开落，歌壤谁摅畎亩忠。

——南宋·董嗣杲《稻花》

那一刻从玉皇山福星观附近看下去，八卦田呈现出一种丰饶的秩序，像是一把被擦亮了的号角。微风徐来，人有一种沉溺于此的感受。关于八卦田，最简单的定义是南宋皇家籍田，也就是春播之时皇帝亲自耕种的田地。

在八卦田中心，有个圆圆的土墩，树木葳蕤，形成了太极图。从高处望下去，种植着谷物的田地紧紧簇拥着它，很像是一种仪式和祈祷。现代诗人史蒂文斯的诗仿佛是为它所量身打造："荒野向坛子涌起，/ 匍匐在四周，不再荒凉。/ 圆圆的坛子置在地上，/ 高高地立于空中。// 它君临四界。/ 这只灰色无釉的坛子。/它不曾产生鸟雀或树丛/与别的事物都不一样。"

从高处俯瞰,它呈现出一种非常有趣的华美之舞,属于江南的农事诗。所谓八卦田,顾名思义,就是把田地平整成八卦之形状,所以从玉皇山上远眺:整整齐齐八只角,把田分成八丘,又称"八丘田",南宋时上面种着八种不同的庄稼,一年四季,八种庄稼呈现出不同的颜色。

赵构定都临安后,当时局稳定,社会秩序得以恢复的时候,籍田礼便提上了日常议程,查阅相关史料,可知籍田礼是古代皇帝举办的重要的祭祀祈福礼仪,为了劝课农桑垂诚天下,体现了古代皇帝对农业生产的重视。而南宋时期,为劝课农桑,皇帝在八卦田里,亲自耕种,是以农为本思想的体现。

现在的八卦田遗址公园里,偶有籍田礼演出,表演大抵包括祭祀祈福、农耕舞和亲耕仪式。亲耕仪式包括皇帝三推,三公三少、宰相亲王五推,其他从耕官九推,这是一种象征,是朝廷对民生的重视。

这个时候,几只喜鹊从林中掠起,向着八卦田的方向飞去,它们是去觅食,还是嬉耍?

民以食为天。

这是千古不易的道理,饥荒是一道阴影,在我们的记忆基因里鞭打。它鞭挞我们的路,甚至迫使我们改变方向,或许这也是当代诗人海子诗中的麦子意象依然能够照亮读者肺腑的理由。

"吃麦子长大的 / 在月亮下端着大碗 / 碗内的月亮 / 和麦子一直没有声响……我们三个人 / 一同梦到了城市外面的麦地 / 白杨树围住的 / 健康的麦地 / 健康的麦子 / 养我性命的麦子"（《麦地》），这是挽歌，也是一种启事。

农耕文化是一种传统，而且从根本上构建了我们的价值观和精神走向，我们的生活、身份都会在时间中发生改变，但对农事的亲近却不会改变，甚至会在某个时间点被点燃。

或许，这已经成为我们隐秘的基因，而对五谷丰登的欣喜更是来自内心。农业的发展正是生活水平提高、现代化建设、社会稳定的基石。

此刻走在八卦田里，水稻已经收割，稻秆低伏在土地上，像是休息中的农人。不远处，一台扬谷机正在工作。最先感到收获的应该是那两只路边漂亮的小鸟，我认不出它们的品种，沿着土路它们啄食着收割时漏下的稻谷，如同得到了一份礼物，它们小小的身体仿佛一簇火焰：总是被食物所吸引。

番薯、萝卜、甘蔗、玉米、青菜……这些长势良好的作物都还在田里，但今天触眼可见的很多种类，在南宋之时其实是看不到的。南宋九谷，其实非常的简单，就是稻、稷、黍、粟谷、糯谷、大豆、小豆、大麦、小麦。

上面我所看到的农作物中，甘蔗、萝卜等早已在南宋之前就在我们的土地上落地生根，但两种主要的粮食作物在南宋时却是杳无踪迹的，一种是玉米，一种是番薯。

玉米和番薯，今天对于我们而言，就是普通的农作物，但它们对于农业中国而言，无疑是一种非常大的贡献。在现在的穿越小说中，主人公的金手指就喜欢以此来建功立业。

据史料记载，玉米是1531年才传入中国的，距离哥伦布发现美洲不到四十年。1492年哥伦布在古巴发现玉米，直到整个南北美洲都有栽培，1494年把玉米带回西班牙后，逐渐传至世界各地，玉米成为最重要的粮食作物之一。

番薯更迟一点儿，到1593年由西方传教士传入，从菲律宾的吕宋岛来到江南一带，后来就逐渐推广到全国各地了。

这个时候，距离1279年的崖山之战已经过去了二百多年，农作物也在优胜劣汰，但时间是一条河，也许会有迂回曲折，但总归要归于大海。

南宋末年曾知武康县的董嗣杲，对于杭州有着无比的热爱，写过《西湖百咏》二卷，可能因为他长期生活在底层，对于民间的疾苦和人们的困顿有着深刻的感受和理解，在他看来，世间最好看的花就是稻花，"此花不与万花同"，为啥？因为他期待的是"四海张颐望岁丰"。

这种收获时节的喜悦之情在古诗中时可读到，如白居易在《观刈麦》中这样写："田家少闲月，五月人倍忙。夜来南风起，小麦覆陇黄。妇姑荷箪食，童稚携壶浆。相随饷田去，丁壮在南冈。足蒸暑土气，背灼炎天光。力尽不知热，但惜夏日长……"

多么朴素而简单的认知，对土地，对生活，编织出了一幅干净的乡村图景，而这种情感，是最真实和生动的。

让我们的视线重新回溯到870多年前，绍兴十六年（1146年），赵构终于在江南站稳脚跟，这是以"莫须有"的罪名处死岳飞后，因为和金国签订了和平协议所带来的机会。

赵构决定籍田躬耕，无他，其实是一个姿态：对民生的关注和对子民的垂范。八卦田所处的位置，在凤凰山脚到闸口一段，当年是杭州繁华之地，酒肆、茶楼、粮行、盐铺、绸庄、客栈……但那一天，人们所议论的都是天子躬耕之事，这或许意味着，一个动荡和颠沛流离的政权开始了稳定。

对于赵构，后世对他赋予了太多的面具，如果真正潜入到时间的深处去触及他，也许我们能够理解他的摇摆不定和首鼠两端，我们去赞颂他或者去批判他，而一个不争的事实是，他让宋的国运延续，并在此后让中国的文化和文明达到了新的高度。

对他，也许我们需要重新认识。可以想象一下，那一天，当赵构的脚和这片土地融合在一起的时候，他会有踏实之感吗？

从八卦田的这一片地走到另一片地，有时候会泛起非常奇妙的感觉，人左边的这片地刚刚收获后翻耕，右边的作物却葱茏翁郁。四季循环，每一个时节都有每一个时节的风物，就像有人所感慨的，桃作为桃而结果，鱼作为鱼而游泳。

农业是一首诗，因为种子总是在风中敛结，总会落在土壤中，总会在合适的时间发芽成长，总会回应我们的期待……

晚来天欲雪

想独上高楼读一遍《罗马衰亡史》，
忽有罗马灭亡星出现在报上。
报纸落。地图开，因想起远人的嘱咐。
寄来的风景也暮色苍茫了。
（醒来天欲暮，无聊，一访友人罢。）
灰色的天。灰色的海。灰色的路。
哪儿了？我又不会向灯下验一把土。
忽听得一千重门外有自己的名字。
好累呵！我的盆舟没有人戏弄吗？
友人带来了雪意和五点钟。

——卞之琳《距离的组织》

　　1200 多年前的某个黄昏，在长安，当时的帝都，一个图
书馆员听着北风呼啸，风仿佛要从他的身体里吹过，那个时
候，一阵巨大的倦怠感抓住了他。他瞧了一眼正准备告辞的友

人，一首清新可喜的小诗脱口而出：

"绿蚁新醅酒，红泥小火炉。晚来天欲雪，能饮一杯无？"

友人脚步一滞，就留了下来。我们可以想象一下这样的场景：天寒地冻之际，红泥炉烧得殷红，新酿的米酒被烈火煮沸，芳香四溢，而朋友的招呼更是让人心动。

写诗的人叫白居易，当时刚踏入仕途不久，正和友人元稹、刘禹锡、李绅等发起新乐府写作。而今天到访的友人，是好友刘禹锡的族兄，在长安经商，也是一个文学爱好者，白居易的粉丝。这首诗后来流传出去，题目很简单很直白，白居易就把它命名为《问刘十九》，就这样，在历史的长河中，刘十九的名字也被流传下来，甚至，我们知道他在某一个黄昏的细节。

多么有余韵的一次挽留，一个日常之问：天就要黑了，这雪就在赶来的路上了，兄弟，能够一起喝一杯吗？在这个日常之问的河面下，是对寒冷和雪意的抵抗，就像千年后的诗人卞之琳所慨叹的：友人带来了雪意和五点钟。

在隔了千年的时间之远，像是一次唱和，灵魂与灵魂的对应，文字如镜，我们可以照见自己内心的田野。而白居易的这杯酒，从千年前的那个黄昏递出以后，就成为一个秘密的礼物，一份馈赠。

在后人的解读中，说白居易在这个黄昏"岂非天下第一快活人"。而《诗境浅说续编》中如是说："寻常之事，人人意中所有，而笔不能达者，得生花江管写之，便成绝唱，此等诗是也。末句之无字，妙作问语，千载下如闻声也。"

这杯酒里，倾注着的是一个人的孤独和友情，也是我们向内的一次眺望：雪都要让我们白头了。

雪和酒，两个古典的意象多年来一直纠缠着我们，纠缠着我们的文字。对于这种传统，事实上我们都有基因上的默契，就像一些网红的摄影点，就像一些贩卖情怀的商业运作，之所以能够成功，本质上出于我们的认同。

比如近年来极红的李子柒，因为听得多了，耳朵都要起茧了，便了解了一下，看她的视频，大抵是根据时令节气、传统节日、民风民俗确定选题，然后用简单记录工艺流程或依附一定的人物故事主线两种方式演绎。比如说在《兰州牛肉面》中，李子柒历时近两个月向技艺精湛的老师傅求教，终于以"二细"的标准完成了视频录制。

而用传统工艺制作酱油的视频录制，其周期更是长达数年。到 2018 年 1 月时，她的全网粉丝数量就近 2000 万，累计播放量近 30 亿。对她的非议当然也很多，但在我看来，这种成功其实是唤起了我们的"返璞归真"，对于简单生活的一种向往，李子柒的价值也就在这种唤起之间。

就像童年的时候，在铜火铳里，煨上几粒蚕豆，当它们爆开香气四溢时，我内心那种欲望的雀跃。

就像雪，当它落下来时，它覆盖着尘世万物，一切都在它的笼罩之下，可一旦消融，我们视野里的秩序又会重新恢复。从这个意义上去看，雪和酒一样，是一种通灵的媒介，和商业操作中的节气时令相仿。

酒落肚，气血翻涌，有我们所热爱的氤氲，就如一个朋友在一场酒后发微信给我说："你不知道，喝酒有多快乐！"其实，我是知道的，但朋友的快乐我未必知道。白居易早就写过这种快乐："为我引杯添酒饮，与君把箸击盘歌。"

雪也若是，元稹死后的一晚，大致就在冬至时节吧，白居易梦见了元稹，起来后他写下了这么两句："君埋泉下泥销骨，我寄人间雪满头。"

文学的点石成金，在于它赋予了普通的意象一个灵魂，而这种赋予，让我们心有戚戚，像白居易之雪，在挽留朋友时你可以理解为他的孤独和寒冷，而在怀念元稹时，这雪大抵带有一种年华老去的萧瑟了。

在我看来，酒大概是人类最有趣的一种发现，连端方严肃的宋朝大儒朱敦儒都这样写过："自歌自舞自开怀，且喜无拘无碍。"和他生活年代相近的文人，无论是否性情相投，但大都爱这杯中物：

"几日寂寥伤酒后，一番萧瑟禁烟中。"（晏殊）"买花载酒长安市，又争似、家山见桃李。"（欧阳修）"笙歌散后酒初醒，深院月斜人静。"（司马光）"料峭春风吹酒醒，微冷，山头斜照却相迎。"（苏轼）……

大概从陶渊明那里开始，酒成为诗歌中的一种传统，陶渊明说："泛此忘忧物，远我遗世情。"而李白呼应他说："且乐生前一杯酒，何须身后千载名？"和李白同代的岑参写得更加直接："一生大笑能几回，斗酒相逢须醉倒。"

这种引用可以一直铺陈下去：快乐时，悲伤时，相聚时，分别时……其中，最为悲切的当数唐时孟郊所写的："夷门贫士空吟雪，夷门豪士皆饮酒。"

这孟郊就是酒中卖火柴的小女孩。

我不知道1200多年前的那个黄昏，白居易和刘十九杯酒言笑之时，雪可曾下着，下在他们生命中一个平常的黄昏，而在他们酒醒之后，会不会有同代人王初的那种感受："银花珠树晓来看，宿醉初醒一倍寒。"但尽管醒来时会有这样的迷茫，喝酒时的快乐谁能拒绝呢？就像明人袁宗道所写："饱后茶勋真易策，雪中酒戒最难持。"

或者，酒和雪天生就是在一起的，大雪纷飞之际，一杯酒或许能让人感到浮生里的踏实。这酒，当然不是狂醉滥饮，更多的是一种微醺和仪式，或把我们带入一种世事通明的境地。

而收藏雪水酿酒，在今天已经是一种奢望了，除非我们去人迹罕至之处去取雪。

现在的江南之地很少下雪，暖冬效应明显，每每想在雪中呼友喝酒的心愿不一定能够实现，那么，我们或许可以退到文字中去，退到那种"虽不能至，心向往之"的意境里。

明末张岱的《湖心亭看雪》中这样写："到亭上，有两人铺毡对坐，一童子烧酒炉正沸。见余，大喜曰：'湖中焉得更有此人！'拉余同饮。余强饮三大白而别。问其姓氏，是金陵人，客此。及下船，舟子喃喃曰：'莫说相公痴，更有痴似相公者。'"

这雪中的风景其实在人的心中，就像在手机的屏幕上轻轻一触：能饮一杯无？这个时候，雪意已经弥漫。

我听到黄花鱼在歌唱

夜网初收晓市开，黄鱼无数一时来。

风流不斗莼丝品，软烂遍宜豆乳堆。

碧碗分香怜冷冽，金鳞出浪想崔嵬。

高堂正忆东邻送，诗句情多不易裁。

——明·李东阳《佩之馈石首鱼有诗次韵奉谢》

　　许多年前，我第一次去渔港石浦看朋友，那时候还没有商业开发，渔港朴素得很。因为是在春节，渔港里挤满了返航的渔船，还有就是渔港特有的海腥味，萦绕在我的鼻端。沿着夕阳的光芒，我们来到黄昏的海滩，倾听着大海单调而冗长的涛声，偶尔海鸥拉开了视野里的那种宁静。夕阳给予沙滩和大海一种虚幻的景致，那里的海水并不蔚蓝，但别有一种深邃的辽阔。倾耳听的时候，甚至可以分辨出鸥鸟的叫声和风打在礁石上的碰撞声。

　　朋友突然间有些怅然若失，说在他少年的时候，入夜后，如果漫步在石浦渔港里，是能够听到大黄鱼的咕噜咕噜或咕咕咕的歌唱声的，那是它们在求偶。他模仿了大黄鱼的这两种叫声，这是雌雄黄鱼不同的声音，在生命的循环间它们用声音彼此吸引和相认。朋友模仿的声音混杂在凛冽的海风中，一直吹到多年之后我的耳朵深处。

此后在闲聊中，有当地渔民用我能听出个大概的方言说，那个时候，农历四月，黄鱼潮来时，声音被海风刮到岸上，有如雷鸣。出海打鱼，有经验的船老大一般都有绝招儿，他们会把身体卧舱中，耳贴船底，静听潮流声，就像和船融为了一体，听风者一样，从潮流间分辨出黄鱼特殊的声频，如田野里泛滥着的蛙声。

我不知道这些是否属实，但雪菜大黄鱼的美味却是无法忘却的，真的是鲜到要掉眉毛的地步，尤其在野生大黄鱼几乎绝迹的时代，它的滋味成为一种久远记忆里的宝藏。

大黄鱼是石首鱼科，栖息于沿岸及近海泥沙底质水域，鱼群主要分布于西北太平洋区，也就是在中国、日本、韩国、越南沿海。它的鳔能发声，在生殖期会发出咕噜咕噜或咕咕咕的声音，而一旦鱼群密集，声音则如水沸声或松涛声。这，体现出的就是群体的力量了。

到了生殖季节，鱼群会群聚洄游至河口附近或岛屿、内湾的近岸浅水域。朋友所描述的景象应该在这一时段里。但由于过度捕捞，近海渔业资源日渐衰退，到20世纪60年代，更是"万船齐集捞黄鱼"，大黄鱼资源枯竭，不可避免成为难见的稀罕之物。

我们现在所吃的大黄鱼，大抵是网箱养殖的产物，其口感和鲜美程度，与野生大黄鱼当然是无法比较的，最多也就是一种安慰，就像是一种镜像，惟妙惟肖，但毕竟差了一层境界，这也是每次出海意外的大黄鱼收获都会引起那么大反响的根源：它激发了我们味觉中的乡愁。

在日常生活中，我们似乎常常有这样的感慨，很多吃物的滋味，好像没有原来的那种味道了，这也许是物质丰富带来的副作用，也许是因为我们的记忆和经验，它们总是让你刻骨铭心。

黄花鱼是这类鱼种的一个统称，简单可分大黄鱼和小黄鱼。对大黄鱼的称谓历来很多，它也叫大先、金龙、黄瓜鱼、红瓜、黄金龙、桂花黄鱼、大王鱼、大黄鲞等，小黄鱼的称谓同样很多，也可叫梅子、梅鱼、小王鱼、小先、小春鱼、小黄瓜鱼、厚鳞仔、花鱼等。

在历代的典籍中，它的称谓也时有变化：黄花鱼（《临海异物志》），石头鱼（《岭表录异》），江鱼（《浙志》），黄鱼（《本草述》），海鱼、黄瓜鱼（《医林纂要》）……这些都是题外话。

黄花鱼之所以又被称为石首鱼，是因为鱼头中有两颗坚硬的石头，叫耳石，这块耳石同样有很多称谓，比如石首鱼头石、石首鱼脑中枕、石首鱼魫、石首骨、黄鱼脑石、鱼首石等，呈长卵形，具三棱状，前端宽圆，后端狭尖，里缘及外缘弧形。有趣的是，如果仔细去看，这石头上还印有一"蝌蚪"，"蝌蚪"头部昂仰，近圆形，伸达前缘。

耳石坚硬而脆，如果把耳石磨成薄片后，可以见到一圈圈的同心环，那就是年轮。年轮不但记载着鱼的年龄，同时也是黄花鱼一生经历的记录。

我少年时对此颇为好奇，因为在淡水鱼中，类似的骨头也是有的，比如最常见的是吃包头鱼（鳙鱼）时，我们常常乐此不疲地玩鱼仙人的游戏，在抛掷那块鱼头骨时暗自祈祷，如果鱼头骨能够直立，那么祈祷之事就能实现。不常见但听说过的青鱼石，又称黑鲩石、鱼惊石、鱼精石、鱼枕石，在青鱼枕骨下方咽喉部，因为青鱼喜欢吃螺蛳，这是用来辅助压碎螺蛳等硬质食物的角质增生。

青鱼石色泽黄嫩，如心形形状，晒干后坚硬如石，晶莹剔透，如翠似玉，在有些地方便被当作是珠宝一般，穿红绳系于小孩手腕之上，有驱凶辟邪、防惊吓、纳福纳禄之作用，鱼惊石的称谓由此而来。一般来说，越是大的青鱼，它的石头越大，而精细加工后，明滢似琥珀蜜蜡，我关注了一下相关的信息，其售价已经不菲。

关于耳石，在后文中我们会再说到，黄花鱼的一生，和耳石休戚相关，谈不上怀璧有罪，却是它命运的渊薮。

在我的老家余姚一带，有一句民谚，原话我不太记得了，大致意思是说：宁可放弃十八亩田，不可错过黄鱼的头。这句话是我的爷爷奶奶经常说的，那个时候小，并不懂得黄花鱼的头有啥好吃的，但看着他们笑眯眯地撅起鱼头，有滋有味地嚼着，心里有种莫名的快乐。等长大成人之后，当然知道他们舍不得吃鱼肉，要省给我和妹妹吃，而自己只能将就一下。

这种亲情的延续，就在对自己所喜欢食物的取舍之间，这是很多年后，我有了自己的孩子时才明白过来的。

我们能够看到最早利用大黄鱼作为渔业的记载，应该是见于唐代陆广微的《吴地记》：吴阖闾十年（前505年），吴国在海上作战，军粮匮乏之时，捕得大黄鱼充作军食。

原文如此："阖闾十年东夷侵吴，吴王亲征之，逐之入海。据沙洲上，相守月馀。时风涛，粮不得渡。王焚香祷之，忽见海上金色逼海而来，绕王所百匝。所司捞得鱼，食之美。三军踊跃，夷人不得一鱼，遂降吴王……鱼作金色不知其名，见脑中有骨如白石，号为石首鱼。"

也就是说，本来在大海间嬉戏波涛的黄花鱼，因为人类的一场战争，它的价值被发现了，这就像是打开了一道门，饕餮者蜂拥而至，仿佛是在风中挖掘到了那些远远近近传来的声音。

从这个时候开始，对大黄鱼的滋味情有独钟者时有，比如宋时的沈辽在《寄雅上人》中写道："一杯新酹邀谁饮，石首鱼鲜赤蟹肥。"元代的方回在《春尽》中写道："牡丹花过劳乡梦，石首鱼来听市声。自古忍穷尽豪杰，囊无挑药未须惊。"

大诗人杜甫也写过一首《黄鱼》，现在人们经常把他误作是写黄花鱼的，其实不是，诗这样写道："日见巴东峡，黄鱼出浪新。脂膏兼饲犬，长大不容身。筒桶相沿久，风雷肯为神。泥沙卷涎沫，回首怪龙鳞。"

这其实是写黄颡鱼的，今天我们很熟悉的一种淡水鱼，滋味也是极好的，无鳞肉嫩。而按照杜甫生活的轨迹去推断，他未必吃过黄花鱼，在以中原文明为主旨的中世纪，大海依然是一种神秘的存在。要不然，如果他吃了，有可能也会对其吟诵一番。

人们对大黄鱼之爱可能有多种原因，通过周作人在《知堂杂诗抄》中关于端午的一首打油诗可见一斑："端午须当吃五黄，枇杷石首得新尝。黄瓜好配黄梅子，更有雄黄烧酒香。"这五黄中的石首，便是大黄鱼，在风俗中，现在大抵是用黄鳝替代了，黄鳝相对总是容易得到的，尽管现在完全野生的也越来越少。

端午节的习俗一直有之，周作人写到的"五黄"中有黄花鱼，可能原因有二：一是黄花鱼当时还比较多，二是它能够入药。而所谓"五黄"，也是当时人们对时疫的一种预防，更多的是一种美好的祝愿。

在民间，一直以来有把大黄鱼作为食疗的传闻，比如它腹中的白色鱼鳔可作鱼胶，有止血之效，能防止出血性紫癜。在石首科中，价值上能够和大黄鱼相媲美，甚至还超过的唯有黄唇鱼，黄唇鱼最长可达 2 米以上，最重可达 100 公斤以上，而且它只生长在我国南部沿海，十分罕见。以黄唇鱼的鱼鳔所制成的花胶十分珍贵，民间认为有抗衰防癌止血等奇效，这尤其在福建、浙江一带流传甚广，怀璧有罪大抵就是这样，但它的功效，我相信有，却不一定那么明显。

今天在很多宴席上，与它们同一属的原先不起眼的梅童鱼，都是难求的珍馐之一了。梅童鱼的大小仿如我们的五指，大的可能比中指略长，小的和大拇指相仿，很是精致秀气。用个烂俗的比喻，如果大黄鱼是大家闺秀，小黄鱼是小家碧玉，那么梅童鱼一定是豆蔻年华的小小少女。

梅童鱼的做法很简单，洗干净了，就放上一点儿酱油和生姜清蒸，等它端上来的时候，几乎可以让我们的味蕾开始跳舞。如果在条件允许的情况下，加一勺猪油会更加入味。

"尤爱'郎君'风味好，美鱼珍重爵溪名。"这是清代象山诗人钱沃臣所写，说的是大黄鱼所衍生出的食材之"爵鲞"，就是在象山爵溪出产的黄鱼鲞，上品爵鲞称为"郎君鲞"。所谓鲞，就是把新鲜的鱼剖开后，洗净并晾晒制作的干鱼。

这个鱼干的做法，包括"鲞"这个字的来历，其实也是从吴王阖闾的那场海战开始，在《吴地记》中，还有这样的文字："以咸水腌鱼，腹肠与之，因号逐夷。王归，会群臣索，馀鱼俱已曝乾，其味美，因书美下著鱼，是为鲞字。"

李时珍在《本草纲目》中特特意意说："鲞能养人，人恒想之，故字从养。"我对于自己的童年隐约还有记忆，那个时候走亲戚，送黄鱼鲞是一种非常周到的礼节。这可能和物资匮乏有关，但更多的还是出于它的价值。

咸鱼翻身，这个词语大概是最能体现这种鲜和咸之间的距离感的。丰收了，捕获多了，这鱼要如何保存？用盐腌渍后晒干，这大概是传统的保存方式了。说起来有意思的是，在"鲍鱼之肆"这个成语中，此"鲍鱼"并非我们现在所认为的特定海产，而是指咸鱼。"咸鱼翻身"，大抵是指死后又活过来的意思。

从李时珍收集的医谱看，大黄鱼制成的鲞还真的能够作为药物，他说其味甘、平、无毒，除了开胃益气之外，如果有积食，可以把鲞炙熟吃；如果被蜈蚣咬伤，可以用鲞皮贴伤处；如果有泌尿系统结石（石淋），可以去石首鱼头中石（即耳石）十四具，与当归等分为末，加水二升，煮成一升，一次饮服，立愈；如果耳朵出脓，可以用石首鱼头中石研为末，或烧存性后研为末，敷涂耳内。

如果从这个角度去理解咸鱼翻身，尽管是一种曲解，但我觉得也挺有意思的，物尽其用，或者说，无所不用其极，这本身就是一种极致。鲞这种食物，在多年之前我是不觉得美味的，但不知道从哪一天开始，我改变了味蕾接受的方向，不知不觉感到了它的诱惑，而鲞烧肉的美味是很难抵挡的。

因为无论是黄花鱼的鲜鱼还是鱼干，都味美，且真的是能做食疗的药材，它给予我们的想象是无穷的，颇有庄子《逍遥游》中的那种化天化地之感慨。

宋代医家马志说："石首鱼出水能鸣，夜视有光，头中有石如棋子。一种野鸭头中有石，云是此鱼所化。"而在《交州记》中记载：武宁县秋九月，黄鱼上化作鹑鸟……读这些怪力乱神之语之时，我仿佛听见大黄鱼在海面之下的歌唱，它把自己的生命倾注于海天之间。

古人的有趣在于，尽管囿于他们知识的匮乏，但他们对于万物相关的那种朴素的认识却很是让人遐想。朋友当年竭力模仿黄花鱼叫声的模样，就像一条竭力游向深海的鱼，一直如此深刻地镌刻在我的脑海中，现在再次说起时，不知道还会不会有这份兴致了，毕竟隔了三十多年的时间之海。

那一年从渔港返回后，查了一下资料，大概是 1978 年后，大黄鱼产量锐减。除了大规模滥捕行为外，当时发明的"敲罟作业法"，一种灭绝师太般的狠毒敲响了大黄鱼的丧钟，而"敲罟作业法"，所利用和攻击的正是黄花鱼特有的耳石。

我们知道，耳石位于黄花鱼鱼头内耳的球囊里，主要由碳酸钙组成，起着平衡和听觉的作用。黄花鱼在海里游动时，一旦外界的声波传到鱼体后，由于刺激了耳石和感觉细胞，它就感应到了。耳石还能压迫鱼体内的感觉细胞，将它失去平衡的身体加以调整，使鱼体保持平衡。

"敲罟作业法"利用的就是这一点：用两条大船和三十多条小船组成一艚，大船负责张网收网，小船上的渔民不断敲打绑在船头上的竹筒，制造噪声以震昏鱼群。敲罟作业针对所有石首鱼科的鱼类，就是因为石首鱼头脑里的耳石，竹筒的敲打声干扰了耳石的作用震昏鱼群，不论大鱼幼鱼均驱入网中，可谓赶尽杀绝。

这是何等残酷的图景！我不是素食主义者，也不觉得渔业兴盛有什么不对，事实上，我是一个海鲜爱好者，但竭泽而渔，则明日无鱼。"金鳞出浪"，我家乡先贤李东阳诗中的意象还会再现于海上吗？

好在海洋伏季休渔制度开始实行，而近年来不断加大增殖放流力度，这也许是一种补偿。黄花鱼会唱歌，它们宛如精灵随着海潮而来，而文字也会在时间中发出自己的声音。

梅花便落满了南山

西湖处士骨应槁，只有此诗君压倒。

东坡先生心已灰，为爱君诗被花恼。

多情立马待黄昏，残雪消迟月出早。

江头千树春欲暗，竹外一枝斜更好。

孤山山下醉眠处，点缀裙腰纷不扫。

万里春随逐客来，十年花送佳人老。

去年花开我已病，今年对花还草草。

不如风雨卷春归，收拾余香还畀昊。

——苏轼《和秦太虚梅花》

"折花逢驿使，寄与陇头人。江南无所有，聊赠一枝春。"从南北朝时陆凯的这首《赠范晔》开始，梅花便成为一个传统和符号，一路绵延，到两宋时这种审美趋向抵达高峰，并持续到了今天。

在今天的杭州，每年十二月至次年二月底，孤山、超山、灵峰……蜡梅、白梅、红梅……人们都趋之若鹜，看风景也成为一种风景，好像是对千年风骨的折射：空气中若有若无的梅香，或许是杭州这座城池所弥漫的宋韵风致。

杭州与梅花的话题，绕不开孤山和西湖处士林逋林和靖，林逋的几首咏梅诗都是绝品佳作，其中"疏影横斜水清浅，暗香浮动月黄昏"从五代南唐江为的残句"竹影横斜水清浅，桂香浮动月黄昏"改动而来，却点石成金流传成千古名句。梅妻鹤子是一种人生的境界，也许有点儿虚无之境，但套用当代的话来说，他的皮囊里住着一个烂漫的灵魂，尽管有时候是孤独的。

我们熟知的苏东坡也有着有趣的灵魂，他也极爱梅花，在杭州通判任上，公务之暇，苏东坡常常在孤山一带赏梅饮酒，往往是在哪株梅花树下醉了，就在哪株梅花树下入眠，而一觉醒来，睁开眼睛，梅花早已纷纷扬扬落满身上和地下。我们可以想象这样一个场景：梅花飘落，落在泥泞里。觅食的鸟雀在林子里扑簌着，溅起那些积雪……

宋人对梅花是爱到了骨子里，像多次落第因为喜欢梅花曾隐居铜鉴湖昙山的陈亮，对梅花这样吟诵："疏枝横玉瘦，小萼点珠光。一朵忽先变，百花皆后香。欲传春信息，不怕雪埋藏。玉笛休三弄，东君正主张。"

而陆游的《卜算子·咏梅》更是为人所熟知："……无意苦争春，一任群芳妒。零落成泥碾作尘，只有香如故。"这是一种人生理念的坚持和骄傲，当我们说宋韵时，对梅花这个意象可以有更多的重视：它是一种深度的沉浸和构成，一种不知不觉的文化培育。

比苏东坡早两百年左右，苏东坡所推崇的白居易任杭州刺史时，在孤山赏梅发生过一个悲伤的故事，是在白居易到杭州三年中的两年时间里。

白居易和他的属下一起到孤山寻梅，孤山上野梅次第开放，此时已是初春，在下午的阳光中春意融融，一行人且行且吟，颇为惬意。一白衫书生正独自在梅花树下自斟自饮，而梅花飘坠，散落在酒樽之中，似乎梅香渗透到了酒香里。

白居易见白衣士子如此伤春，便上前询问。白衣士子见白居易气质儒雅，不是个迂腐之人，却不回答问题，举手相邀共饮。

白衣士子姓薛名景文，是附近薛家村的大户人家出身，酒至酣处，白居易赋诗一首《和薛秀才寻梅花同饮见赠》：

"忽惊林下发寒梅，便试花前饮冷杯。白马走迎诗客去，红筵铺待舞人来。歌声怨处微微落，酒气醺时旋旋开。若到岁寒无雨雪，犹应醉得两三回。"

这天梅花树下的酒席散了以后，在繁忙的公务之余，白居易倒是一直惦记着这个消瘦的薛秀才，尽管分手时他叮嘱薛秀才可去官衙找他，但始终没见他来，白居易以为这是年轻人的傲气，也没有特别放在心上。

时光飞逝，一年过去，这一日处理完了公务，白居易想起这件旧事，突然有一种恍惚之感，就带着他的下属携着酒去了孤山的那片梅林，并且先命人去薛家村寻秀才薛景文，就说是去岁故人相约。

到了梅花树下，一切仿佛去岁，梅花依然在盛开，也在飘落，而去年在一起的那些人除了还没到的薛景文，也都一一在目，时间好像是停滞的。

正当他们觥筹交错之时，那个找寻薛景文的人回来了，他告诉白居易，薛秀才因为生病，已经在前些时病故。白居易闻听之下，颇为黯然，本来是开心的酒宴却变得郁郁寡欢。

当又一杯酒倒入喉咙之时，白居易一声浩叹，隔了一年，又为薛景文写了《与诸客携酒寻去年梅花有感》：

"马上同携今日杯，湖边共觅去春梅。年年只是人空老，处处何曾花不开。诗思又牵吟咏发，酒酣闲唤管弦来。樽前百事皆依旧，点检惟无薛秀才。"

两首诗隔着一年，也隔着一个白衣胜雪的薛秀才，这是时光的流逝，更多的是人世的哀伤，那种突然的失去和空缺。即使是在这样锦绣的西湖边，时间同样在无声无息中消失，很多时候，我们都是这风景中的人，又被这风景所抛弃，就像梅花，它灿烂盛开，又很快在风中凋谢飘零，它的美能够挽留住吗？

梅花是有情物吗？如若是，那么为什么在一年的时间里，让爱梅成痴的薛秀才凋零，让人徒增惆怅？

一朵花就是一个世界，白居易对时光须臾的伤感中，薛秀才是他凝眸的载体，第二首是典型的悼亡诗，有着对时光的挽留和对生活无尽的慰藉。或许，这是我们簇拥着去赏梅的内在逻辑，是我们看花的真谛：珍惜。

隔着时光去读白居易的两首诗，或可看到白驹过隙时的那一闪。

白居易、苏东坡等不知道的是，他们所看过的梅花被后来的无数人所凝视，这是梅花本身的吸引力，也有他们的诗词所带来的加持。比如宋亡后学道、筑别业于西湖上、杂植松竹、徜徉山水间以乐其志的马臻，同样对梅花情有独钟："昨夜梅花已报春，地瓶移插更精神。酒酣纤手争来折，鹦鹉回头不敢嗔。"

而明初以画梅成名的王冕一口气写下《素梅》五十八首。其中一首是："断云流水孤山路，看得春风几树花。骑鹤归来城郭是，月明箫管起谁家？"

光阴流逝，以诗、书、画旷世独立，世称"三绝"的郑燮郑板桥，在孤山上挥毫泼墨，写了《题梅竹图》："一生从未画梅花，不识孤山处士家……"他是把梅花当作了自己，在另一首诗中这样写："晨起开门雪满山，雪晴云淡日光寒。檐流未滴梅花冻，一种清孤不等闲。"

再以后，爱之深责之切，"我劝天公重抖擞"的龚自珍写下了发人深省的《病梅馆记》："……斫其正，养其旁条，删其密，夭其稚枝，锄其直，遏其生气，以求重价，而江浙之梅皆病……呜呼！安得使予多暇日，又多闲田，以广贮江宁、杭州、苏州之病梅，穷予生之光阴以疗梅也哉！"

那个时候，一朵梅花从枝头飘落，风中似乎有小小的涟漪飘散。而西湖和杭州，被梅香所浸润，骨子里透着这种清澈，已驾鹤远行的当代诗人张枣的那首《镜中》，或回答了我们和梅花互为镜像的缘由：

"只要想起一生中后悔的事 / 梅花便落了下来 / 比如看她游泳到河的另一岸 / 比如登上一株松木梯子 / 危险的事固然美丽 / 不如看她骑马归来 / 面颊温暖，羞惭。/ 低下头，回答着皇帝 / 一面镜子永远等候她 / 让她坐在镜中常坐的地方 / 望着窗外，只要想起一生中后悔的事 / 梅花便落满了南山。"

但是在想起后悔的事之前，我们不如乘兴去寻梅探梅，梅花是青春和炽热的，薄薄的风中，它在枝头上战栗着，仿佛雪在烧。

秋光中的江南

　　"沙步未多远，里名还异原。对江穿野店，各路入深村。秋水乘新汲，春芽煮不浑。舟中争上岸，竹里有清樽。"南宋诗人杨万里从帝都临安出发，坐船溯江而上，到钱塘江边的杨村时，写下了这首《晨炊泊杨村》，读字如画，几乎是一幅江南水乡的素描，在淡淡的文字里描绘出了江南。

　　就像此时，深秋金黄的稻田因为连绵成片，给予了我们视觉上的震撼。我们的车在杭嘉湖平原上如水般流淌，秋深了，尽管气温迟迟不降，但秋色依然发出了自己的声音，就像这稻田所呈现的锦绣，似乎要把江南膏腴的那一面展开。车中有人感慨，这像是我们童年时农村的场景，的确，记忆的再现需要场景的再现，而城乡数十年间快速的发展往往让我们迷失：这是我们的江南吗？但某个时候，借助于稻田、沟渠、鸡犬、树木，甚至是某堵颓圮了的旧墙，它会回来，占据我们属于乡愁的那部分空间。

　　事实上，杨万里眼中的场景在今天依然可以看到，而那些物产，无疑也成为一种代名词，它属于这天地，是地域的，同时也向周遭开放，像是时间里循环绽放的草木之花……这些构成了我们生活的场景，或者说是一种属于江南的态度。

就像稍后在餐桌上，一位不以文字谋生的女性脱口而出："一口尝到了江南。"满座皆赞，这大抵是最不加修饰的现实之诗了，当时上的菜是鲈鱼，于是，我们便说到了"莼鲈之思"，来自时间深处关于江南的那滴蜜：我们文化的源头。

"君不见吴中张翰称达生，秋风忽忆江东行。且乐生前一杯酒，何须身后千载名。"李白在《行路难》之三中所致敬的人，对他而言是一位古人，对我们更是古人的古人了。《世说新语·识鉴篇》中是这样记载的：西晋名士张翰在洛阳担任齐王东曹掾时，有一日秋风起了，因思念吴中莼菜羹、鲈鱼脍，对同事说，"人生贵得适意尔，何能你羁宦数千里以要名爵！"然后就挂印而归，潇潇洒洒为后人留下了"莼鲈之思"的传说。

这个时候的江南，有着波光潋滟中的澄澈。

张翰也许是一时兴起，但他所诱发的这次舌尖上的乡愁大有共鸣者，这段掌故也被当作佳话流传，后来的贺知章的《答朝士》、崔颢的《维扬送友还苏州》、白居易的《偶吟》、刘长卿的《早春赠别赵居士还江左》，以及欧阳修、苏轼、辛弃疾、朱敦儒的多阕词作，纷纷致敬于他。而十全老人乾隆皇帝下江南时，莼菜调羹进食必不可少。

莼菜的滋味到底如何？它在舌尖上是怎么样的一阵风？从植物学的角度去看，莼菜属于睡莲科多年水生宿根草本植物，素有"水中碧螺春"之美称，江浙地区的太湖、西湖和湘湖流域均有种植。

莼菜最早记载见于《周礼》，入馔历史悠久人们耳熟能详，莼菜和现在流行吃的水芹菜一样，只要不把根须去除，当季之时，可以一茬茬采摘。我们应该怎么样去描述莼菜田呢？在养殖的水域里，它的叶子在水面之上密集、漂浮，偶尔有蜻蜓栖息，在阳光或是在雨雾间，看起来都别有意蕴，是典型的江南风物。

但今天要看到这样的莼菜田并不容易，我专门去找过，有种植，但没有那种层层叠叠的感觉，好在还能在诗词中寻觅：

许多年前，白居易（唐）知杭州时，吃了莼菜后说："犹有鲈鱼莼菜兴，来春或拟往江东。"

许多年前，美食家苏东坡（北宋）饱食莼菜后说："若问三吴胜事，不唯千里莼羹。"

许多年前，陆游（南宋）吃过莼菜后说："店家菰饭香初熟，市担莼丝滑欲流。"

到了元朝，诗人黄复生就夸张了："被人绣满水仙裳，地轴天机不敢藏。水谷冷缠琼缕滑，翠铀清缀玉丝香。"

明代的李流芳同样把味蕾的感觉进行了铺陈："一朝能作千里莼，顿使吾徒摇食指。琉璃碗盛碧玉光，五味纷错生馨香。"

莼菜的生长期很是江南：它生长期的温度是一个象征，在水面温度达 40℃时生长缓慢，气温低于 15℃时生长逐渐停止，遇霜冻则叶片和部分水中茎枯死，以地下茎和留存的水中茎越冬。

张翰或许就是这么一个了解自己温度的人，他知道自己可摸到的天花板，也知道自己双脚所踏足土地的下限，故此，找了这个"莼鲈之思"的借口打马回乡。

秋色在大批量的枯黄之时，也有残留的绿意荡漾。

相对于很多人来说，张翰的返乡是一种优雅的逃避，是人生中的以退为进，退到故乡，退回到自己的庭院里，退回到风起时，能够听到自己内心的声音：这是张翰和他所处的时代的断裂，以一叶莼菜的重量，在无根的水中漂荡。

就像白了头的蒹葭，它是苍茫的秋光。江南的水光中，藏着的是内心的雅致和怀念，是雨打在瓦片上的滴答声，声音与声音之间，有一点点的小富即安，但更多的是一种闲适，仿佛钱塘江畔随意的风，随意地吹在我们的身上，没有刻意，我们也不需要去丈量脚下土地的高低。这，大约是人生有时候的一种理想生活了。

突然就理解了张翰，但我们怎么去定义江南的秋光呢？唐代的刘禹锡在《秋词》中看到的是："山明水净夜来霜，数树深红出浅黄。试上高楼清入骨，岂如春色嗾人狂。"李白在

《秋登宣城谢朓北楼》瞥见的是："人烟寒橘柚，秋色老梧桐。"

此地，有山，有水，有湖……有着适意的风和景，我们需要的，也许是坐下来，拥有这吹向大海或从大海中吹来的风。直到风把我们慢慢地吹没，像曾经在这片土地上生活过的很多人一样。

此刻的秋光是安静的，静得让人慢慢透明起来。

江南就是一种美好，一种让我们得以慰藉的所在，它并不仅仅是地域的概念，也是一种生活态度，一座我们想走的桥。

第二天去谒元四家之一的吴镇墓，在他的纪念馆中转悠，梅花道人的画很江南，隔着时间之雾，当我去触摸他的心绪时，竟有眺望到秋光的感觉。这个年轻时游历杭州的画家有着渔夫情结：在《芦花寒雁图》里双雁起飞，渔父仰首观望；《渔父图》中渔父凝视水面，等鱼上钩；《洞庭渔隐图》中渔父撑篙回船；另一幅《渔父图》中渔父抱膝回顾……

"身外求身，梦中索梦"的超然，正符合秋日开阔水面给人的感受，此时，江南的柿子已然成熟，红彤彤的让人垂涎，如果掉落到水面上，会溅起小小的水花，像清人袁枚的一句诗："秋夜访秋士，先闻水上音。"

秋光中的江南，让我们抵达了江南。

天阶夜色凉如水

"银烛秋光冷画屏，轻罗小扇扑流萤。天阶夜色凉如水，坐看牵牛织女星。"似乎故事就是这样从唐代诗人杜牧的诗句里开始的，那个时候我们坐在屋檐下，或者坐在天井里，或者就是走在夜色笼罩的郊外，抬头仰望着浩渺的夜空，内心同样有一个饱满的宇宙：那两个人，织女和牛郎，他们相会了吗？

七夕将至，突然就想到这些，东方的情感表达得这样委婉，虽然内心炽热，却表现得云淡风轻。小时候只是听故事，只是坐在星光之下，为故事里的人哀伤和喜悦，但渐晓人世，尽管有秦观（北宋）的"两情若是久长时，又岂在朝朝暮暮"作为慰藉，但这种缺席的美学是我所不能忍受的，起码在日常的生活中，我们需要回归到人间烟火的秩序里。

两个相爱的人，能忍受这样的距离吗？这是时间和空间双重的远隔，但这个我们耳熟能详的故事，却是东方叙事的基础之一，一种含蓄、内敛和忍耐的美学，东方品格的镜像之一。

这就像神话体系中对嫦娥的惩罚：她又名恒我、恒娥、素娥，是勇士羿之妻，因偷吃不死药而飞升至月宫。嫦娥是一个寂寞的符号，在神话的开端她变成了捣药的蟾蜍，一直到南北朝以后，她才回归为女儿身。另外说句题外话，我们熟知的《西游记》原文中，嫦娥指的是月宫里的仙女宫娥，而猪八戒调戏的抱着玉兔的霓裳仙子，只是众多嫦娥中的一个。

对神话的这些解读，构成了潜在的东方情结，就像银河高悬于我们的头顶，星光熠熠沐浴着我们，"盈盈一水间，脉脉不得语"的默契，让我们在凝望苍穹的时候，找到了一条仰望的途径。

科技的进步让我们对事物有了更多的了解，但对世界的探索之心却一脉相承，那一天在朋友圈，我看到人们对于流星雨的雀跃，它和我们无关，却深深影响着我们。

就像我们对世界的认知，很多时候是在成人的口说言教之下，最有名的例子是鲁迅与《山海经》的渊源，他的散文《阿长与〈山海经〉》说的就是这回事，当时鲁迅十岁，阿长是鲁迅家里的一个女长工。

阿长启蒙了鲁迅的"神话课"，在很大的程度上，她促使了鲁迅后来写作出《故事新编》。

鲁迅回忆说："曾经有过一部绘图的《山海经》，画着人面的兽，九头的蛇，三脚的鸟，生着翅膀的人，没有头而以两乳当作眼睛的怪物……"童年的他不知道，人面的兽是西王母，三脚的鸟叫金乌，生着翅膀的人是混沌，没有头而以两乳当作眼睛的怪物就是抗争天帝的刑天……但这些形象，像是种子落在他的心田里，等待着有一日发芽。

多么神奇的世界。在这一点上，希腊神话中也有人首马身等奇奇怪怪的生灵出现，这就像各个国家的鬼故事一样，都有共同之处，人类的心灵是互通的。而我对于这些，从童年的时候开始，就有着无穷的执念。

好在这个夏天，由乌尔善执导的《封神第一部：朝歌风云》终于上映。电影主要改编自《封神演义》和《武王伐纣平话》，说的是商王殷寿与狐妖妲己勾结，暴虐无道，引发天谴。

我第一时间去看了，因为我有《封神演义》情结。在小学三年级的时候，住在父亲单位的集体宿舍里，从他同事那里读到《封神演义》，一时间惊为天书，这世间还有这样有趣的故事。我的近视眼正是那个时候开始的，拿着电筒在被窝里夜以继日地读，哪吒、雷震子、土行孙……这些神神怪怪就像是从书中走下来，走入了我的脑海，再也不能忘去了。

它打开了我想象的大门，到后来看好莱坞超级英雄的电影时，虽然声光技术令人惊艳，但内心对他们对人物的塑造不以为然。那些"英雄"，能够转瞬隐形的，可以须臾间发掌心雷的，或者上天入地、排山倒海的，在我们的传统文化中早有描述。我期待这些能够在现代技术的手段下能够表现出来，能够成为我们的神话史诗。

客观来说，《封神第一部：朝歌风云》尽管略有瑕疵，但基本做到了好莱坞的影像标准，而我们神话谱系中的哪吒、二郎神、孙悟空等，其实都有成为超级英雄的潜质。

《封神演义》成书于明代中后期，差不多集中了之前中国神话中的各式人等，在成书的时候，正好是道教中的两派截教和阐教相互争斗的年代，姜子牙和申公豹分别代表着这两大派系，这里不展开说，因为截教是元朝后才有的，但神话可以混淆时间，可以穿越。

从《封神演义》中的人物去看，女娲是从《山海经》和《楚辞》中来的，别的如元始天尊、广成子等也都有来处：或是历史人物，或是乡野传奇。故事口口相传，并没有文字记载，但慢慢就凝聚成为神灵，像女娲、西王母、伏羲、盘古、太昊等，而三清是道教的创世神，这在《封神演义》中都有体现。

在漫长的时间里，儒家兴起，佛教东传，中国文化的生命力在神话世界里表现得无比强大，它有很好的吸收作用，有着拿来主义的精神，释儒道渐渐融合，这在《封神演义》的各路神明中可略窥一二。

在我日常跑步的余杭塘河河畔，有个重新翻建的三官堂，不大，是道教的庙宇，供天、地、水三官神，但在局外人看来，和佛教的庙宇基本相似，而神奇的是，在它的一侧，供奉有观音等佛教中的菩萨。

这让我想起每次去闽地漫游时，总是为他们供奉的形形色色的神灵所惊讶，民间的信仰往往有它的实用性，尽管是朝向灵魂的。《山海经》和《封神演义》大抵是中国传统文化中想象力的那一端，它们让我们在童年的时候，得到了打量这个世界的童年的眼光：发现。

我们会发现想象的乐趣，和在这思维漫游中所推开的门，那里，星光会簇拥而至。

"牛郎织女"作为我们从小就知道的神话，在《封神演义》中却无处寻找，看来银河过于广袤，牛郎也好，织女也罢，都只是其中的一滴水。

他们的故事是很小的时候就知道的，现在回想起来，大抵是奶奶摇着蒲扇，在夏日的夜晚絮絮叨叨讲给我听的。牛郎和织女算是神仙眷侣吧，织女下凡后，和牛郎郎情妾意，都有了孩子，结果丈母娘（王母娘娘）横插一杠子，硬是在两人之间画了条银河，一年才能见上一面。

记得当时的讲述中，在银河边缘的两颗小星星说是他们的孩子，这让孩子时的我很是共情，对王母娘娘恨得牙痒痒，等长大谙于人世之时，生活中的王母娘娘何其多，其初衷可能是真的为了孩子的幸福。

追本溯源，七夕的传说源于人们对自然天象的崇拜，因为人们需要有秩序：将天空规划得井井有条，还将星宿与地面区域一一对应。这个对应关系就天文来说，称作"分星"，就地面来说，称作"分野"。

正是因为它们是分星，能够确定地面的区域，因此渐渐拟人化而被创造出来，开始的故事是美好的：每年七月初七，牛郎织女在天上的鹊桥相会。

但在一次次民间艺术家的创造中，凄美的故事呈现到了我们的脑海中：人们对于悲剧总会同情。

而这，又衍生了很多的风俗，比如江苏宜兴，有七夕香桥会，人们祭祀双星、祈求福祥，然后将香桥焚化；在有些农村，这一晚要用脸盆接露水，那是牛郎织女相会时的眼泪，抹在眼上和手上，可使人眼明手快，但这泪水是痛苦还是喜悦？

这样的风俗很多，各地都有，实际上是人们对于生活的祈福，而真实的生活，便这样像银河之水照见了我们，我们沉浸在这个世界童年的形象里。

观　星

日月之行，若出其中。星汉灿烂，若出其里。

——曹操《观沧海》

那一瞬间完全可以称之为惊讶，像一道门被豁然打开。

此时眼睛慢慢适应于贺兰山中无处不在的黑暗，深秋的寒意像是一种黏稠的物质，开始渗透到我的身体内部。在身体内外取得平衡的瞬间，瞳孔在放大中渐渐适应，这是动物的本能，在环境的变化中我们需要肉体的适应。而仰起头时，或明或暗的星星压在头顶，既灿烂，又沉重，仿佛触手可及。

黑暗中，传来发情的雄马鹿的吼叫，压抑、低沉，像是狼嚎，初听有些胆战心惊，但入耳多了以后，在这样的夜色里反而有一种尖锐的孤独。对于我们这些闯入这片黑暗之地的外来者，这声音混合着树枝的颤动（那是风的形状和我们在这个夜晚的动静，它们很快就会消散，沉没于夜之海），沿着这声音消逝的方向，我们可以看到天地浑然为一体，像《古诗十九首》中所写：玉衡指孟冬，众星何历历。

"流星。"在这样的寂静里，有人这样叫了出来，没看到的人去凝视天空时，却找不到流星的痕迹，就是一眨眼的事。但在这一天随后的时间里，有的人看到了十颗流星。从观星导师那里知道，这几天正是"世界七大流星雨"之一的猎户座流星雨的极大期。

一些遥远的记忆如潮水般汹涌而至，那些月朗星稀的夏夜，那些星空浩瀚的良宵……都是在记忆里，随着时间之水的沉浸，在渐渐变淡，人到中年之时，却要从遥远的地方去寻找到这样的镜花水月，我们抬头去看苍穹，能够看到自己面容勾勒出的素描吗？

那么，且静下心来，且让身体在风中渐渐剔透起来，渐渐，融入这自然中，渐渐，返回到我们思想之初：我们对这个世界最直接所感知的，那些幻想和美好。

我的童年之门此时也在向我打开，在居于乡村的童年时期，记忆里我看到过这样浩瀚而壮丽的星空，但年岁渐长，星空变得黯淡而恍惚。

我们头顶的银河清晰，肉眼看去，天上之水浩浩荡荡。对于星空盲而言，我能够辨认出的也许就是牵牛星和织女星了，这大抵是童年从神话故事中的认知所带来的，等到识字以后，像"天阶夜色凉如水，坐看牵牛织女星"（杜牧《秋夕》）、"迢迢牵牛星，皎皎河汉女"（《古诗十九首》）等诗句里把它们的形象描述得十分清晰。

这也许只是出于我们对世界的想象：我们试图去描述它。在抬头眺望银河之时，这两颗星是我能够辨认的，左边挑着两颗小星星的正是牵牛星，右边的织女星甚至还在虚空中纺织。

想象中的美好如此汹涌而至，哀婉的诗句能够溅起银河中的星光吗？

在时间的长河中并不遥远的节点，观星是一种职业，那些能够撬动帝王意志的星象，无疑是神奇而扑朔迷离的，我们想接近它，但不知道门在何处。比如说金星，是在大多数情况下，我们能在天空中看到的最明亮的一颗星星。它有时叫作长庚星，因为长夜即将来临；它有时又叫启明星，因为阳光即将从地平线跃出。

在我们的神话年代，它被称为太白金星，是我们的民间信仰和道教神仙中知名度最高的神之一，而在道教神话体系中，他实际上只是玉帝的信使，但这个信使非同寻常，那时候的阴阳家认为它是武神，掌管战争之事，主杀伐。

《汉书·天文志》中就说："太白经天，乃天下革，民更王。"

有趣的是，这同一颗星，在古罗马人那里，它被称作维纳斯，在古希腊神话中，它又被称为阿佛洛狄特。地域的不同，让欧洲人和我们审美上的殊异从一颗星上即能明确分辨，也许都是我们内心的镜像之一。

天文望远镜把我们的视线带向金星的小兄弟土星，我欣喜于这小精灵的获得：在放大了许多倍以后，距离又被缩短，它有着非同寻常的光环，像一枚宇宙的戒指，或是宇宙谛听中的耳朵。

它听到了我们的注视：在展现真相之时，真相和幻想一样，充满着同样的魅力，但它从我枯萎的童年之树中生长出来，在理智的科学之风中，让我获得一种洋溢的激情。

夜凉如水，在这贺兰山的山麓间，秋日草木凋敝的气息萦绕于鼻，仿佛是季节的敏感过渡。贺兰山是时间中的一个符号，岳飞当年用"驾长车，踏破贺兰山缺"宣示了一种男儿的气魄。

贺兰山山势峭拔，远观如刀削斧凿。从地理位置上看，贺兰山也是一条自然地理分界线，银川平原能够"塞北江南"，它当居首功：山势的阻挡，既削弱了西北高寒气流的东袭，阻止了潮湿的东南季风西进，又遏制了腾格里沙漠的东移，但自然的一些现象非人力所能束缚。

比如我们观星之地，就在著名的岩画之侧，那些线条拙稚的画像，模拟着我们所看见的世间之物，游移在具象和抽象之间，它的起源则是对未知事物的恐惧和崇拜。贺兰山山脚之下，也就是岩画集中处，有一片开阔的平原，却是个陷阱：洪水说来就来，现在也是如此，一下十五分钟以上的暴雨就会山洪暴发。对于银川平原上的先民而言，他们仰望星空，深邃而旷远，对万物内在的秩序百思不得其解，敬畏之心由此而生，贺兰山因此成为神山。

他们刻下他们所理解的场景，狩猎、人、动物，或者是哭和笑，也许是对山神的祈祷，在无比灿烂的星空之下，岁月能够静好，他们早已经化为尘埃，而这些思想（岩画）却在岩石中留存下来，和星空一样，成为我们意识里的古老之物。

许多年以后，我们对一些事物已经明了，对另外一些事物却依然蒙昧懵懂，就像此刻看到遥远的仙女星座，这光来自数百万年之前，在这数百万光年的距离里，足够装下我们想象的骏马和疆域，足够我们在有生之年不倦于仰望。

对谜一样的事物保持激情，比如月亮的背后，比如火星，当我们的探测器着陆之时，那小小的震颤会扩展开来，以某种秘密的形式传递到我们的内心吗？

我所喜欢的苏东坡也是一个热爱星空的人，他写过一首《夜行观星》，这首诗在苏诗中并不知名，他写过太多的好诗好词了，但这一首读来依然可喜：

"天高夜气严，列宿森就位。大星光相射，小星闹若沸。天人不相干，嗟彼本何事。世俗强指摘，一一立名字。南箕与北斗，乃是家人器。天亦岂有之，无乃遂自谓。迫观知何如，远想偶有以。茫茫不可晓，使我长叹喟。"

胸有块垒者，在这仰望中会让星光如风，吹散心中的郁结。苏轼的这首诗，实际上就是我们的观星心理指南：当年明月在，曾照彩云归。从宏观的视野去俯瞰，人小如芥子，或是微尘，而天地所生之物，终究有其存在的道理。

就像在马鹿低沉压抑的吼叫消停之隙里，秋虫若断若续的声音就会占据耳朵，犹如星光跃入眼帘，与草木相连的感觉会在奇妙中滋生。

许多年来，我们总是习惯于命名，但人消失了，星星却依然旋转着，而北斗星固执地为我们指明方向，只是，我们常常忘记了星空的样子，在城市之光中，我们忘记了自然的光亮。

那么，找一个时间，让自己安安静静地去吹吹风，去看看我们最初看到的世界。人，当常常仰望星空。此刻，又有流星掠过。

寻　城　记

秦时明月汉时关。

从右卫镇出来，车一路逶迤，在天高地阔中似乎漫无尽头。车跳跃如动物，在崇山峻岭间，穿越一片硕大的风电基地后，视野变得辽远，可以远眺到三十二长城的轮廓了。时间在这里几乎是停滞的，像这个静寂的午后，你所听到树林中的鸟鸣，仿佛也是很多年前的，它们婉转给那些寂寞的人听。

三十二长城，一个奇怪的名字，说是因为边上的三十二村而得名，但这个三十二村的名字，又得于明长城进入右玉境内的第三十二个敌楼。

这地名里面的因果很容易把人绕晕，其实它所表明的就是：这是一个战略要冲，这里很偏僻。即使到了公路修到长城脚下的今天，三十二村已经形同虚设，全村只有一户人家。原来的村民，因为地处偏远，交通闭塞而外迁。

我沿着这长城的城墙往前走，内心不无遗憾。万里长城万里长，从小听得多了，但想象中的长城和我第一眼看到时落差还是很大，如果我的想象是展翅之鲲，现实中的长城则是伏地之猫，但此刻，鲲醒转过来，在远处，这些土墙所蜿蜒盘旋、时断时续的轨迹，正是当年的边关之地，将军百战的场所。

当地的朋友告诉我，这长城原先是包砖的，之前有二十八村、三十二村、三十八村、四十二村几个村庄，其中四十二村是中心村，几个村的孩子都到四十二村小学上学，当年集体拆掉长城的砖石，建起中心村的学校。若干年之后，村像蝉蜕壳后那空空荡荡的壳，而数百年的长城却因此成了山头几个土堆。

这是时间的魔幻，能够抵抗住时间的腐蚀，却无法抵抗住人们的短视。

事实上，我们现在还是能够踏到长城之上的，从那些坍塌了的缺口上去，就在当年的城墙上了，土还是当年夯成的土，但因为剥落了容颜，变得沧桑。所谓的历史感其实是我们所赋予的，站在高一点儿的地方眺望，似乎能够看到风的波澜和涟漪，和那些无名的守城者的身影。

像阳光下我们的影子，薄薄地守护着我们，并不能传递光的热度。

守护者也会衰老，如果摸着城墙就能听到金戈铁马，他们所守护的安宁岁月滋养出了时间的光泽，但他们早已化为尘埃。

就像后面去的广武明长城，在雁门关的边上，也是夯土砌砖结构。现存长城从山脚下顺山脊蜿蜒而上，由于风化的作用，加上年久失修，城墙包砖大都垮塌，仅剩夯土，许多地方墙砖就堆积在墙根儿下。在2016年之前，从图片上可以看到，这一段长城的标志性符号是最高处的月亮门，矗立在城墙之巅，仿佛亘古就在那里的。这绝对是值得留影的地方，但2016年的一天，没有任何征兆下，月亮门轰然坍塌，现在能够看到的就是一侧的土柱了。

和当年穿行在这道门中守卫边关的人一样，时间终究会吹走他们，万物终究有时。

在广武明长城再往山上开车十五分钟左右，可以抵达雁门关的脚下，事实上，在山上这长城是相连接的。出于历史的重要性，雁门关如今已被打造成一个景点。

雁门关，真的是大雁都飞不过去的关隘吗？当然不是，只是大雁来回的中间点，《山海经·海内西经》中便如此记载："雁门山，雁出其间。在高柳北。高柳在代北。"

"黑云压城城欲摧，甲光向日金鳞开。"李贺《雁门太守行》中这样写，而金庸小说中，萧峰阻止辽国皇帝耶律洪基侵宋，悲壮自尽的地方也在此处。

雁门关有两关四口十八隘，在时间的演变中，关址并非固定不变：明朝之前，旧雁门关在西陉关，北口为白草口、南口为太和岭口；明朝时，由于北部边疆经常受到鞑靼袭扰，为此设九边重镇。在东陉关处新建雁门关，北口为广武口，南口为南口。另外，还重修、加固十八关隘，修建长城，连接各关隘。

雁门关成为第二道防线的关键，主要是它位置险要，易守难攻，东西两关互为倚防，扼守中原通往塞北的咽喉要道。

战国时期的赵国名将李牧在雁门大破匈奴十万铁骑；西汉初，韩王信反叛，汉高祖刘邦亲征出雁门关后被困于白登山；卫青、霍去病……到了北宋时，由于之前石敬瑭对幽云十六州的割让，雁门一线成为与辽国的分界线，战略地位就更重要了，杨家将的故事大抵发生在这里。在我们幅员辽阔的国土上，农耕文化和游牧文化的冲突正是以此为界。

一将功成万骨枯，这是战争的残酷之处，却是一代代人延续的根本。

城墙是否让我们倾向于保守和自闭？其实不是，它更多的应该是一种内敛。

在右玉，还有一处叫作杀虎口的明长城遗址，在晋蒙交接处，已有两千多年历史。明清时期，杀虎口是晋商的主要通道，曾经盛极一时的"大盛魁"商号的发祥地就在这里。

雄伟壮观的古长城掩映下，有保存完整的杀虎堡、烽火台等。我们通常所说的"走西口"指的就是此处，走西口，多么苍凉的感觉，却是晋商的光荣与梦想。

路，总是这样走出来的，走过后，就把时间给储藏起来了，而后，在流年轮换中发酵成酒。

就像我们路过白草口长城时，内心颇有恍惚，它就在太原到大同的高速公路中间一个隧道之上，车过隧道，对白草口的遐想仿佛是时间里的一座桥，当年的厮杀和征战到了今天还是真实的吗？

出隧道，车窗外，有苍鹰在天际翱翔。

我的这次对野长城的追寻之旅结束在太原，在太山边上的店头古堡，这也是曾经的一处关隘，有地道和各种军事设施，但事实上，作为军事之用是在公元 979 年之前，随晋阳城被北宋焚毁后，此处关隘才失去军事作用而成为村落。

事物似乎比人更为坚固，但也不一定，在离开店头之时，友人说，在上午去过的太山脚下，还有唐末李存孝的衣冠冢，人们把李存孝视为太山守护神。我说，去看看吧。于是又驱车绕行过去，墓上荒草招展如经幡，墓碑却是简体字的，这让人觉得有些懵懂和有趣，但转而想，这，也许是当代人向千年前的铁血军神所致的敬意，也许是对蒙冤车裂而死的李存孝的同情。

李存孝是年幼听评书时最让我惆怅的人物，那个时候，对他的武力是膜拜的，只是不明白他为什么不抗拒。年岁渐长，慢慢理解了他只是在城墙之中。

"……事无两样人心别。问渠侬：神州毕竟，几番离合？汗血盐车无人顾，千里空收骏骨。正目断关河路绝。我最怜君中宵舞，道'男儿到死心如铁'。看试手，补天裂。"辛弃疾的这一阕词，或许道尽了世间男儿的血性和阳刚，这是一代代寂寞守城人内心的骄傲和隐秘吧。

灯火夜深回昼日

东风夜放花千树，更吹落，星如雨。宝马雕车香满路。凤箫声动，玉壶光转，一夜鱼龙舞。

蛾儿雪柳黄金缕，笑语盈盈暗香去。众里寻他千百度，蓦然回首，那人却在，灯火阑珊处。

——辛弃疾《青玉案·元夕》

"灯火钱塘三五夜，明月如霜，照见人如画。帐底吹笙香吐麝，更无一点尘随马。"这是苏轼《蝶恋花·密州上元》的上半阕，区区三十个字里，我们可以窥见他对杭州的深爱。尽管此时苏轼身在密州，与杭州已经山水相隔，但密州的元宵佳节，让他触景生情，想到了在杭州的点点滴滴。

而我们从苏轼的文字中知道，原来北宋时，杭州已是繁华如此：元宵节作为一年中比较重要的节日，它的热闹是一种民俗氛围的标志。

到了南宋，杭州元宵节的喧闹和都城的身份是匹配的，在周密的《武林旧事》、吴自牧的《梦粱录》等书籍中都有记载，当时的元宵节，比今天更为隆重：从正月十五开始，到十七结束，这三天里，杭州的民众陷入集体的狂欢中。

在我从余姚来到杭州最初的那些年，也就是20世纪80年代前后，当时文化活动匮乏，闹元宵是我和很多孩子所企盼的。

此中滋味，辛弃疾的《青玉案·元夕》所描述出的心境应该最为贴切，写这阕词时，他大约隐居在江西上饶，和苏轼一样，他有对杭州的追忆，也有一缕对时间流逝中能够抓住的"她"的沉思。

现在我们不太熟悉的诗人康与之，当年是南宋朝廷的"桂冠诗人"，奉命写过诸多应制诗词，其中，《忆少年令·元夕应制》《瑞鹤仙·上元应制》等都与元宵节相关，在《瑞鹤仙·上元应制》中他这样写："溢花衢歌市，芙蓉开遍。龙楼两观。见银烛、星球有烂。卷珠帘、尽日笙歌，盛集宝钗金钏。"

我们甚至可以想象一下这种花团锦簇，词的最后一句是"喜皇都、旧日风光，太平再见"。据说退位住进德寿宫的太上皇赵构很是满意，仿佛他恢复了北宋时的荣光，而太平景象重返，于是重赏康与之。

随便翻翻南宋的诗词，元宵节是他们热衷的题材。"灯火夜深回昼日，管弦声动起春风。"戴复古的诗或许表达了人们内心所想：一年中最好的时节就要来了，植物都已在春风间复苏，得赶紧抓住这浮世中的闲暇，忙碌的日子就要开始。

观灯、赏乐、品酒、逛街、扫街……从那时开始，这些习俗一直缓缓流淌到了今天，还在缓缓流动着。

"十一嚷喳喳，十二搭灯棚，十三人开灯，十四灯正明，十五行月半，十六人完灯。"

这首流传甚广的童谣，说的正是元宵节的习俗，也可见从前的人对正月十五，一年中第一个月圆之夜的重视：大地回春。如果细细去分析，这也是农耕文明呈现出的特征之一，而元宵燃灯的风俗起于汉，但作为元宵节的重要活动赏花灯，估计来自隋唐之时，《隋唐演义》《薛家将》中都有闹花灯的故事，年幼时我时常听得如醉如痴。唐时，元宵节也因此被称作"灯节"，而赏灯的时间长短上，唐代三天，宋代五天，明代最长，至十天，到了清代，又减为四到五天。

花灯的种类繁多，人物花草、禽鸟鱼虫等都可入灯，可以是形状，也可以绘于灯面。明代田汝成的《西湖游览志余》中记载："宋时腊后春前，寿安坊而下至众安桥，谓之'灯市'，出售各色华灯。其象生人物，则有老子、美人、钟馗捉鬼、月明度妓、刘海戏蟾之属，花草则有栀子、葡萄、杨梅、柿桔之属，禽虫则有鹿、鹤、鱼、虾、走马之属，其奇巧则琉璃球、云母屏、水晶帘、万眼罗、玻璃瓶之属。而豪家富室，则有料丝、彩珠、明角、镂画羊皮、流苏宝带。品目岁殊，难以枚举。"

这种灯市的琳琅满目，可见当年的盛况，如果我们去追溯根源的话，可能是南宋的皇室格外重视赏灯，皇宫里从九月之后就开始试灯，《武林旧事》中说："禁中自去岁九月赏菊灯之后，迤逦试灯，谓之预赏。一入新正，灯火日盛，皆修内司诸珰分主之，竞出新意，年异而岁不同。"

有灯，便有了灯谜，猜灯谜也成为许多明清小说里的场景，《红楼梦》里也屡有涉及。所谓灯谜，就是周密在《武林旧事》中说的"藏头隐语"，由于帖在灯上，所以称灯谜，猜灯谜是元宵节的娱乐和游戏之一，到今天依然受到大众的欢迎。

灯谜猜中者有奖，奖品称为"谜赠"，一般有笔墨纸砚、巾扇香囊、果品食物等。我记得当年读小学时，学校就搞过这样的联谊活动，一个教室一个教室地猜过去，奖品就是铅笔、橡皮啥的，但玩得不亦乐乎。

现在，在一些楼盘、社区或者景点的组织下，猜灯谜的活动依然盛行。

花灯是元宵节的重头戏，但还有很多别的赏心悦目之事，像辛弃疾词中所写的"东风夜放花千树，更吹落，星如雨"，其实也就是赏烟花。宋时的能工巧匠改良了火药，样式各异的烟花常用于节庆之时。

清朝王同的《武林风俗记》中列举了"花筒""赛月明""滴滴金""流星"等种种焰火名目，从介绍上看，和今天的焰火颇有相似之处。

流传到今天的习俗中，还有就是元宵节吃汤圆。在南宋时，按照典籍上的记载，杭城街头售卖的各色小吃中，有乳糖圆子、豉汤、水晶脍、韭饼、皂儿糕、澄沙团子、酪面、生熟灌藕等，顾名思义，这些小吃有很多今天仍是我们餐桌上的宠儿，但今天，元宵节最不可或缺的仪式就是吃汤圆了，蕴含着团团圆圆的祝福吧。

在很多地方，至今还保留着在元宵节舞龙灯等群体表演，这同样从南宋流传而来，周密在《武林旧事》中记载了当时的演出名目，有"贺丰年""兔吉""男女竹马"等数十种，"诸舞队次第簇拥，前后连亘十余里，锦秀填委，箫鼓振作，耳目不暇给"……现在流传下来的一些项目都成了非遗，而制作者和表演者，也都是怀有一技之长的非遗传人。

在习俗中，比如在元宵夜，要祭祀先祖，要祭祀床公床母，也有祭祀门、户、井、灶等"七祭"。另外还有驱老鼠、迎紫姑、送孩儿灯、走百病、求子等风俗。这些现在在民间偶有保留，大抵是生活节奏的加快让我们无意间遗落了一些。

有意思的是，元宵节曲终人散之后，还产生了专门的词：扫街。这个词的意思是什么？不妨从吴自牧《梦粱录》的一句话中去找："甚至饮酒醺醺，倩人扶著，堕翠遗簪，难以枚举。"

也就是在人流摩肩接踵的街头，热闹过后，首饰财物难免有失落，于是有心人便去街头寻觅这些无主之物，这成为谋生的一种手段。

对于早先的孩子而言，十五的元宵十六闹，因为正月十六是孩子的节日：把自己的灯笼去撞别人的灯笼，看谁的灯笼先着火，这在习俗中叫作碰灯。

"碰灯"的起源是，在正月十七或十八落灯后，灯笼都要就地焚毁，这或许是讨个彩头：新的一年有新的希望，而不是留恋过往。

元宵节过后，忙碌的一年重新开始，而春天也到了。在若干年前，我写过一组《佳节》，《正月十五》正是最后一首，我把最后一段放在这里，作为本文的结尾：

> 人世的草蛇灰线，或是这一天的明亮
> 摩肩接踵，抵不过这簇拥的场景
> 聚、散，无非是两字
> 远离和回归，花灯骤亮眯住了人眼
> 但我们猜出那些谜了吗？有多少猜出
> 并不说出，比如休息也是疲顿的
> 流水不腐，到处都是这样的面容
> 去岁和今夕，无非
> 循环往复，像沉下了的劳作
> 良宵将尽，寒暑轮回，昼夜的尘埃间
> 伺立于它之间：蛋白质的 75 千克。灵魂的 21

克。我。